怖るべき天才児

作　リンダ・キルト
絵　ミヒャエル・ゾーヴァ
訳　二宮 千寿子

SANSHUSHA

怖るべき天才児　目次

幼な子の口から

メリンダ・ミルフォードは、快活で愛らしい女の子だった。母のメラニーは若くして夫に先立たれたが生活に困ることもなく、もっともながら娘を誇らしく思っていた。ただ不幸なことに、メリンダの申し分のないマナーにもひとつだけ綻《ほころ》びがあった。ひどいしかめ面をする癖があったのだ。母親がバラの壁紙を貼った子ども部屋で顔を突き合わせる生き物は、とうてい自分の血と肉を分けた娘には見えなかった。その技のすごいことと言ったら、メラニー・ミルフォードお気に入りのSF映画に出てくるエイリアンを思わせる顔にすらなれるのだ。ついに母親は、叔母のミルドレッドに相談をもちかけることにした。ミルドレッド叔母は自然豊かなコッツウォルド地方のどこかの小さな一軒家に住み、賢明な忠告をすることで知られていた。

あの子をうんと脅かしておやり。しかめ面をしているときに時計の鐘が鳴ったら、一生、顔がそのまんまになってしまうと言うんだよ。そうすれば、あのいたずらっ子だって、しかめ面をする前にちょっとは考えるだろう！

生涯を独身で過ごした叔母の忠告は即座に実行され、母親の警告は娘をためらわせた。メリンダはしばらくは顔をあやつる技術を磨くことを控えたのだが、もともと頭の悪い子ではない、母親が純情な自分をだましたのではないかと疑うようになった。あれ、絶対に嘘っぱちに決まってるわ、とメリンダのなかで怒りがふつふつと沸き起こった。あんな嘘八百、あたしが木っ端みじんにしてやる！　そして十二時の鐘が鳴る二分前、メリンダはダイニングルームの大きな鏡の前に立ち、鐘が鳴り始めると同時に、レパートリーのなかでもいちばんおぞましい顔を作った。そしてなんの苦もなくふだんの顔に戻れたとき、勝利の雄叫びが家中に響き渡った。ほーら、思ったとおりじゃない！　ミルドレッドおばさんもおばさんの嘘も、クソ食らえー、だ！

そうは言っても、まだ幼いメリンダのこと。この一件をずっと根に持つほどひねくれてはいなかったから、年老いた叔母が例年のごとくクリスマスどきに遠路はるばる、おぼつかない足取りで訪ねてくると、精一杯、叔母に親切に接した。編み物の道具を持っておいで、とか、スリッパや補聴器はどこにいったかね、とかオールドミスの叔母に言われるたびにメリンダは家中を探しまわり、叔母にとってなくてはならないものを、温室だとかトイレだとかボイラー室だとかの突拍子もないところから見つけてくるのだった。そして天使のような辛抱強さで叔母が語る病歴に耳を傾け、びらん性やポリープ性や化膿性の胃炎について、それからクローン病だとかウィップル病などについて、多くを学んだのだった。

クリスマスの日のディナーはなにごともなく和やかに進んだが、叔母がデザートを立てつづけに何杯も口に放り込むのを見て、メリンダは一言注意してあげるべきだろうと考えた。ねぇ、ミルドレッドおばさん、もう少し胃袋をいたわってあげたら？　そんなに急いで甘いものを食べたら胃腸に悪いかもしれないよ！　よくもまぁ、私にそんなことが言える、と年老いた叔母は鋭いゲップをしながら言った。デザートなんかまだ手もつけてないのに！　ううん、おばさん食べたよ、と姪は答えた。大皿の半分以上をおばさんが食べちゃったの、わたし見たもん。なんとまぁ、途方もない嘘をつく子だ、と叔母は大声を張り上げた。聖書の十戒の九つ目を忘れたのかい。あなたの隣人に対して、偽りの証言をしてはならない、って書かれてるだろう！　いいかい、よーく覚えておおき。これから先、おまえが汚らわしい嘘をつくたびに、おまえの口からいやらしい、ちっちゃなヒキガエルが飛び出すからね！

幼いメリンダは怒りのあまり、言葉もなかった。なんて図々しい、くそばばあ！　そもそもあんたがあたしに嘘をついたんじゃないの、なのに今度は真理への愛とかって、あたしにお説教するわけ！　そのうえ、こんなにあほらしいことで脅すなんて、赤ん坊ならまだしも、あたしのように十歳にもなって世のなかのことをよくわかってる人間に言うなんて、冗談じゃない！　それでもメリンダは見上げた自制心で侮辱を飲み込んだが、心のなかでは、すぐにもあのガミガミ女に嘘を言って思い知らせてやろうと思っていた。

その翌日、居間で編み物をしている叔母を見つけたメリンダは、少し不安はあったものの持てる勇気をすべてかき集め、おはようございます、と挨拶し、最高に愛らしい声で尋ねた。ねえ、どうしておばさまはいつもお母さんの歯磨き用のコップにおしっこするの？　みなまで言い終えないうちに、メリンダの舌の上でなにかがもぞもぞ動いた。そして、なんと！　小さなヒキガエルが一匹、彼女の真っ赤な唇からほんとうに出てきたのだった。そらごらん！　床を跳びはねる、茶色のねばつく生き物を見て叔母は忍び笑いをした。私が言ったとおりだろう！　一瞬呆然と突っ立っていたメリンダは、我に返ると口も利かずに二階へ駆け上がり、その愛らしい顔を枕に埋めたのだった。

叔母が帰るまで、メリンダは子ども部屋に避難して立てこもった。そして、あの老いぼれの根性ワルがかけた呪いがこの先も効くのだとしたら、当面、自分の人生はひどく複雑なものになるかもしれないと気がついた。でも呪いは、悪意をもった叔母がそばにいるときだけ効力があるのだろうか、それとも叔母がいなくなった今も効いているのだろうか？　疑問を解決するには、まずは実験だった。鏡の前に立ってメリンダは宣言した。あたしは死んでる。すぐさま、二匹目のヒキガエルが彼女の口から現れた。ほんとうなんだ！　これからは口にする言葉に気をつけなければならない。でもなんで、あたしなのよ？　とメリンダは叫んだ。ミルドレッドおばさんもほかのみんなも、口から動物がうじゃうじゃ出てくる心配なんかしないで、思いつくまま、ほんとだろうが嘘だろうが言えるのに。なんであたしに八つ当たりするのよ！　不公平だよ！　メリンダはねばつく小さな生き物をつかみ、窓の外に放り投げた。

危機的な状況においてこそ、人の本性は明らかになる。とてつもなく腹を立ててはいたが、メリンダの場合は哲学的な面が優っていた。真実と嘘とを区別するというのは、素人が思うほどたやすくはなさそうだった。真実を、真実だけを、すべての真実を話しなさいと言われた人間はみな、自分がジレンマに陥っているのに気づくはずだ。まず、ありのままの真実などだれも知らないことは明らかだ。次に、あらゆる真実でないことをひとつにまとめてみても、役に立ちはしないだろう。倫理的な観点から言って、無知や混乱、度忘れ、失念や純然たる愚かさから発した嘘と、だますことを意図して話した嘘とには違いがある。そして意図した嘘の場合ですら、ごた混ぜになっているいろいろな可能性を整理しなければならない。おおっぴらに嘘をつく、真っ赤な嘘をつく、派手に悪意のこもった嘘をつく、嘘をでっちあげる、などなどそれぞれに違いがあるし、真実のようにという言葉だって同じで、メリンダには心配の種に思えた。それに考えてみたら、どちらともとれる曖昧な言葉はどうなのだろう？　そういうものが、人と人の日々の会話を形作っているのではないのだろうか。黒い嘘と言われる悪意のある嘘と、白い嘘と呼ばれるそうでない嘘との境界線をどこに引くべきかもわからなかった。引用辞典を引いてみると、悪意のない嘘とは「他人を財産、利益、評判の面で傷つける意図を持たず、おしゃべりなためや、他人にすばらしい物語を語って面白がらせたいという欲望を満足させるためにつく嘘」ということだ。別の権威のある辞書は「その動機により、見とがめるほどでないとみなされる嘘、あるいは賞賛に値するとみなされる嘘」と定義していた。賞賛に値する、だって！　それこそ皮肉だ、とメリンダは思った。両生類の動物たちは無数の嘘のなかから、ありとあらゆる哲学者がこぞって善意の嘘と認めるものを見分けられるのだろうか。

圧倒されるような概念の迷路に直面したメリンダは、証拠を検証しながら進めるしかないと

いう結論を出した。彼女の科学者らしい部分は、純粋に理論的でしかない机上の空論など信じず、実験によって実証されうる証拠を求めていた。けれどもそのために必要な実験をするには多くの困難がともなった。たとえば、母親や友人に嘘をついたとしよう。家中に小さな冷血動物をはびこらせるような危険を冒すのではないか。ヒキガエルが口から飛び出すところを身内に見られるのもいやだ。そこで彼女は、このジレンマを解決する実に頭のいい策を思いついた。手近の公衆電話ボックスに行って、好き勝手に番号をダイアルしたのだ。はい、ウィットラー・アンド・サン建築機械です、と陽気な声が応えた。こちらはマウントフォート・アソシエーツのプロジェクト本部ですが、とメリンダは名乗った。四千トンのバケツ掘削機を三台購入することを考えているのです。言葉をつづける前に、メリンダの喉の奥で巨大なヒキガエルが飛び出そうとしてもがくのが感じられ、この途方もない嘘はそこで終わりになった。ゲロゲロと鳴くヒキガエルの存在にもめげずに、メリンダは実験をつづけた。次に彼女のかけた電話に出たのは、シュロップシャー州クラウドベリー大修道院の司教座聖堂の名誉司祭、トーマス・ウェトストーン師だった。司祭さま、お邪魔して申し訳ありません、とメリンダは声を詰まらせた。でもわたし、とっても困ってるんです。なんでも話してごらん、我が子よ、と司祭は答えた。あのですね、わたし、神さまがお造りになった動物で嫌いなものがあって、とくにねばねばしたものは大嫌いなんです。まぁまぁ、と司祭は言った。それは確かに、あんまりいいことではないね。でも告白したいのはそれだけかな？　ええ、まぁ、とメリンダが言ったとたん、小さなオタマジャクシが唇からぽろっと出た。実験の結果に満足してメリンダは電話を切った。大嘘に比べて、半分の嘘の場合は影響が小さいことが、その時点ではっきりしたからだ。明らかにヒキガエルのサイズは彼女の嘘の大小に左右されていた。もちろん、リサーチの結果はこれからも絞り込んでいく必要があったが、当面はこれでよし、と彼女は実験を打ち切った。

これから先は絶対に正直でないといけないこと、それに安全を期すためには言葉一つひとつを控えめにしなければいけないことに、メリンダは思いいたった。それはもちろん、言うは易く、行うはむずかしいことだ。一言も口にしないのは現実的でないが、なるべく言葉を少なくして被害はなるべく早く修復するというのが、行動の原則としていちばん期待が持てそうだった。この辛い真実を母親に悟られないよう手を尽くしはしたが、母親も娘の落ち込みように気づかずにはいられなかった。これまでなら必ず友だちや家に来たお客と愛想よくおしゃべりしたメリンダが、黙りこくっていた。その一方で、直接なにか尋ねられると、失礼なくらいズケズケと答えるのだ。母親の親密な友人であるミスター・マードックに、ぼくが君のお母さんと熱々のキスをしている間、映画でも見て午後を過ごす気はないかね、と尋ねられたときも、そんなこと思うはずないじゃない、とメリンダは答えたのだった。

学校でも事態は悪いほうに向かい、じきにメリンダは失礼なやつだという評判が立った。学校のカフェテリアで衣をつけたソーセージ料理が出され、彼女がいきなり料理人にお皿を投げつけたとき、だれにもその理由が思い当たらなかった。だれかが、その料理の名前は「穴のなかのヒキガエル」だと言っただけだったからだ。それから当たり障りのない質問に、彼女はしばしばショッキングな答えをするようになった。メリンダの先生のなかでもいちばんお人好しのミューラー先生ですら、おだやかに叱責せずにはいられなかった。実際のところ、率直さというのは褒められるべき特質ですけれどね、でもよいことだって行きすぎというものはあるんですよ！　クラスメートたちの反応は、そんなにおだやかなものではなかった。二つ三つ例を挙げれば、メリンダの苦境をわかってもらえるだろう。モリー・マギファートがメリンダに新しい髪型に対する意見を尋ねると、ネズミの巣みたい、という答えが返ってきたし、どうしてあたしの誕生パーティに来なかったの、と尋ねたミニー・ミュロックも似たような目に遭った。だってミニー、あんた、どうしようもなく退屈なんだもん、メリンダはそう答えたのだった。他人を傷つけたかったわけではない。ただ白い嘘をつくという危険を冒して、またオタマジャクシが出てくる罰が下るのがこわかったのだ。そのうち彼女は、どれほどわずかでも真実から逸れた言葉をぽろっと口にしてしまったときは、即座に手で口を覆うことを覚えた。もちろん、ひとりになって吐き出せるまで、くねくね動く小さな生き物を舌の上に置いておくのは楽ではなかったが、クラスメートから恥ずかしい言葉を投げかけられるより、こちらの試練を耐え忍ぶほうがましだったのだ。

そうした困難はあったものの、やがてメリンダは娘らしく成長し、その女らしい容貌で若い男の子たちの注目を集めずにいなかった。彼女の崇拝者のなかでもっとも熱を上げていたのがモーリス・ミューズで、彼は当然メリンダのほうも自分を気に入るものと思い込んでいた。ふたりで公園を散策していたある日、彼は不意に立ち止まると彼女への愛を告白し、猛攻撃を開始した。不器用なファーストキスの後、モーリスが、君も僕を愛してる？　と尋ねると、メリンダはもう黙っていられなくなった。あなたが好きでないわけじゃないの、とメリンダは誠実に答えた。ただね、あなたのそのめそめそした声だとか耳から生えてる毛や口臭が、我慢できないだけなの。間もなく、メリンダに求愛しようとする若者はあたりにひとりもいなくなった。子ども時代に叔母にかけられた呪いには、若者の恋心ですら太刀打ちできないようだった。

こうした災難にもかかわらず、メリンダは、運命によって親しまざるを得なかったカエルという種に、少しずつ興味をいだくようになっていった。そして人生の浮き沈みの結果というより彼女自身が堅実に学習を重ねた結果、彼女は両生類について、より組織立った取り組みが必要になるほど大量の知識を蓄えた。生物でめざましい成績を挙げて理科の教師を喜ばせたし、ケンブリッジ大学に進学する段になって専攻科目に動物学を選んでも、母親は驚かなかった。

動物学科の主任、モーティマー・ミフリン教授は第一級の科学者だった。そして教授の専門である両生類の生態学と分類にこれほど情熱的に関心を寄せる学生はまれだったから、教授がメリンダに目をとめ、自分の研究室で仕事をするよう声をかけたのも驚くには当たらなかった。メリンダが最初のころに学んだことに、この種目の動物が驚くほど多種多様だという事実があった。どの学派の説を信じるかにもよるが、カエルやヒキガエルだけでも二千六百三十二種、あるいは三千八百九十五種を下らないというのだ。もうひとつメリンダが驚いたのは、ヒキガエル科とアカガエル科、ヒキガエルとカエルの差違がよく言ってもわずかであり、それも厳密な分析の結果というより外観に基づいていることだった。ミフリン教授は薬事産業と密接な関係にあったから、研究室には新しい魅力的な仕事がいくらでもあった。彼の実験的な仕事は解剖して身体のなかを見ることで、それにはヒキガエルやカエルは理想的なのだと教授は説明した。だが残念ながら、より興味深い種は供給不足で、そうした種を繁殖させるプロセスは時間も手間もかかるのだった。

この面でなら貢献できると感じたメリンダは、就業時間が過ぎた後もしばしば研究室に居残り、不足分を埋めるために最善を尽くした。軽い嘘から途方もない嘘まで、程度を微調整することで、あらゆる種類と大きさのヒキガエルを、そして必要ならカエルを、生み出すことに成功したのだ。習うより慣れることが必要だとわかっていたし、ふさぎ込んでもいなかったから、稀少種のナッタージャックを生産しただけではない。イギリス諸島には生息していない種類、たとえばヨーロッパ大陸に生息する鮮やかな色彩のヨーロッパスズガエルや、フランスの美味な食用ガエル、それに交尾期の鈴を転がすような声で知られる珍しいサンバ《産婆》ガエルまで作り出したのだった。けれども、自分にできると思うことにも限界があった。たとえば、カメルーン産の有名なゴライアスガエルはふたつの理由から諦めた。そんな大きなカエルを呼び出すほど大きな嘘を考えつかなかったし、体長三十センチ、体重は三キロ以上という堂々たるカエルは、彼女の喉に負担が大きすぎたのだ。

ミフリン教授は実験用に興味深い種のヒキガエルやカエルが絶えず供給されることになって大いに喜んだが、その出どころについてはあえて知ろうとしなかった。メリンダの同僚たちも、研究室で聞かれる陽気な音を歓迎した。それというのも、研究室を這いまわったり、よろよろ歩いたり、跳びはねたりするカエルたちの種類が多様化し、ことに夜ともなると、ヒキガエルやカエルの立てる音のメドレーが楽しめたからだ。ゲロゲロだけでなく、そのときの光の具合によって、ブツブツ、キーキー、ゴウゴウ、ゴロゴロ、メーメー、ワンワン、コロコロ、と彼らの声は七変化した。ヒキガエルの交尾風景に刺激された同僚たちが、自分たちの恋の勝利の喜びについてほら話に花を咲かせるのを見るにつけ、自分も参加できないことだけがメリンダには残念だった。

こうして彼女には、爬虫両生類学における輝かしいキャリアが運命づけられているように思われた。もちろん爬虫両生類学とは、教養のある人ならだれでも知っているとおり、爬虫類と両生類に関する科学である。けれども、おそらくメリンダ自身がヒキガエルやオタマジャクシなどと長い信頼関係にあったせいだろう、時が経つにつれて彼女の感情は変わっていった。研究所における動物たちの使われ方を認められなくなっていったのだ。つまるところ、彼らがイボだらけだったり、さわるとぬるぬるしていたり、危険を察知したときに悪臭を持つ分泌物を出したりするのは、彼らの責任ではないはずだと彼女は思った。こうした事情は、人間が好き勝手にカエルたちを感電死させたり、切り刻んだりしてよい十分な理由になるとは思えなかった。ミフリン教授がメリンダの熱意が薄れたことに気づくのに、そう時間はかからなかった。そして教授にその点を問われたとき、メリンダは困惑するような光景が現れる危険を冒さずに自分にかけられた疑念を否定することはできなかった。ミルフォード君、君には大いに失望したよ、と教授は非難した。私の学生のなかでもいちばん有望な君がそんな非科学的な態度をとるようになるとは、まったくもって思いもしなかった！

こうしてメリンダは失業した。当座は鋤の下にいるヒキガエルのような苦しみを覚えたが、間もなくいつもの固い決意が取って代わった。二度と実験室なんかで働かないわ、メリンダはそう自分に言い聞かせた。そして、研究室の図書室の代わりにインターネットのウェブサイトを使って調べ、それまで知らなかったリサーチの分野を見つけた。高い社会意識を持った市民たちが、両生類の数が世界中のあちこちで減りつつあり、種によっては絶滅の危機に瀕していることに気づいたらしいのだ。警告を発したのは、全英動物虐待防止協会だけではなかった。自然保護評議会、国際自然保護連合、そしてなにより、ミルトンキーンズにある両生類個体数減少対策委員会、略してＤＡＰＴＦがずいぶん前から絶滅を防ぐ戦いに参入していた。彼らは、公害や産業廃棄物、殺虫剤など、彼女がとても親しくなった生物の健康状態に影響をおよぼす危険なことがらについて、情報を提供していた。

ドイツでは、新しい自動車道の建設がヨーロッパスズガエルの存続をおびやかすとして、大騒動が巻き起こっているようだった。スズガエルは、ことに雷雨の後に暖かい雨がつづくと、ウェストファリアの夏の夕べを大音量の声でにぎやかに彩る。そのスズガエルの危機について知れば知るほど、メリンダは使命感にとらわれた。なにかフィールドワークをしたかった彼女は、手の足りないところにはどこにでも出向いて手を貸した。最初に彼女の能力が試されたのは、ドイツで論議を呼んでいるアウトバーン《高速自動車道》の現場だった。彼女が、自分は夜勤しかできない、しかも絶対にひとりでなければならないと言うと、対策委員のなかには眉をひそめる人間もいた。そんななか、グループリーダーが彼女にチャンスを与えると決め、メリンダはすぐに、彼女の貢献は重要なだけでなく不可欠であると全員に納得させるだけの成果を出したのだった。ひとりで歩きながら、メリンダは望まれる効果に合わせて嘘の大小を調整し、ヨーロッパスズガエルが存続しつづけるのに必要な数の個体を吐き出した。この衝撃的な成功の噂はすぐに環境保全を訴える人びとの間に広まった。世界各地でメリンダのサービスが求められ、彼女はそれに応じたのだった。

けれども時が経つと、彼女の努力の副産物には気に入らないものが見られるようになった。

メリンダが生態系のバランスを回復しようとして生み出した当のカエルたちが、自然界のバランスを尊重しなかったのだ。本来の生息地でないところに持ち込まれたヒキガエルは驚異的な勢いで繁殖しつづけ、草原や公園、庭園などを侵食した。見慣れない、ずぶぬれの訪問者が畑にあふれた農民や、裏庭で見つけた小さな茶色の友だちを握りしめた子どもの手に毒性の粘着物が付くのを嫌った親たちから、苦情が相次いだ。ヒキガエルの到来を悪疫とまで呼んで、メリンダの活動に一時停止を求める人すら現れた。

こうしたことのすべてがメリンダの熱意に水を差し、考えさせることになった。もしかしたら、ひとり秘かに遂行しているこの任務を放棄するべきなのだろうか。そもそもが、科学者の健全な野望からではなく、自分自身の苦しみから始めたことだ。それに、この仕事が喉や口蓋や顎に与える負担も増すばかりだった。長いこと沈黙を守ったせいで、喉がある程度、硬直していることには気づいていたが、もっと悪いのは、舌の上を頻繁にカエルが通るので口のなかの繊細な膜組織に傷がついたことだ。医者のアドバイスを仰ぐべきだと思われ、有名な耳鼻咽喉科のメイヘム医師を訪れたが、たいして心の平和は得られなかった。ひょっとして、人間が食べるべきでないものを飲み込みましたか？　彼女の口のなかを入念に診察した後、医師はそう尋ねた。いいえ。ふだんからの習慣でメリンダは正直に答えた。けれども明白な理由から、現状のほんとうの原因を打ち明けようとは思わなかった。そういうわけで、こんな症状を見たことのないメイヘム医師に診断を下せるわけはなく、治療法はなおのこと思い浮かばなかったのである。

この何年間かで初めて、メリンダは落ち込んだ。絶滅の危機にある種の動物を復活させるのは高貴な仕事だったが、今は彼女自身が存続の危機にあるのではないだろうか？　天職から手を引くときが来たことをメリンダは悟った。今必要なのは長い休暇だ。即断即決型のメリンダは次の列車に乗り、母の家へ向かった。外国出身の軍人と再婚してメラニー・モムセン夫人になっていたメリンダの母は、ひとり娘の到着をもちろん大歓迎し、喜んで彼女を屋敷に泊めた。

クリスマスが近づき、九十九という高齢になっていたミルドレッド叔母がいつ到着してもおかしくなかった。無理もないが、メリンダは叔母と顔を合わせたくなかった。けれども老婦人が傲慢な調子で杖で床を叩きながらメリンダと会うことを要求すると、むげに断れなかった。そして驚いたことに、叔母はこのうえなく優しかったのだ。しなびた身体から威圧感は発せられず、それどころか温和な笑みを見せて、どうしてるの、元気にしてるの、と尋ねたのだった。けれどもメリンダはその親切な言葉にも安心できなかった。実際はパニック状態に近く、しばらく黙りこくった後、いきなり涙を流した。まぁいったいどうしたというの、メリンダちゃんたら、とミルドレッドが尋ねた。心配ごとを私に話してごらん！　恨みごとかね、恥をかいたの、それともなにかしくじりでもしたのかい？　いずれにしてもメリンダは、どこも悪いとこなんてありません、と答えたのだった。それはありふれたささいな嘘だったが、それでも彼女の口から小さな茶色のオタマジャクシを飛び出させるのに十分だった。神経衰弱寸前だったメリンダは、大声で叫んだ。こんちくしょう、ミルドレッドおばさん！　全部、あんたのせいよ。

まぁかわいそうに！　昔の私のちょっとした冗談を、おまえは真に受けちゃったんだね。老婦人はそう言って、姪の頭をなでた。もう、さぞやうんざりしてることだろう。メリンダはすすり泣き、叔母の膝に顔をうずめて頷いた。でもいったい、なぜ会いに来なかったの？　優しくとがめるような口調で叔母はつづけた。なんで私に忠告を聞きに来なかったの？　この厄介ごとを取り去るのはとっても簡単なんだよ。おまえがしなければならないのは……。

そこまで聞いたメリンダは期待に息を詰めて顔を上げ、はい？　とあえぎながら尋ねた。ヒキガエルを食べさえすればいいの、それでおしまいだよ。メリンダは自分の耳が信じられず、なんですって？　とささやくように言った。ヒキガエルを飲み込むの？　おお、気持ち悪い！と言ってもね、と叔母が言った。噛まなくていいんだよ。ちょっと押さえて飲み込めばいい。

それで解決さ。もちろん、おまえにその度胸があったらの話で、なければ永遠に今のままだけど。さぁ、勇気を出して、やってごらん！

すでに私たちがよく知り、感嘆もしている並はずれた勇気を持つメリンダは、言われたとおりのことをした。床から小さな生き物を拾い上げ、音を立てるまでもなく飲み込むと、オタマジャクシの姿は一瞬にして消えていた。ブラボー、と叔母は褒め称えた。いい子だ！このちっぽけな問題を始末するのは簡単だったろう？ものごとを正すのに遅すぎることなんてないんだからね！さぁそれじゃ、かまわなければひとりにしておくれ。ちょっとくたびれたよ。

まだ拭いきれない疑念を完全に払拭するために、科学的な手法になじんでいるメリンダは、叔母の主張を実証してみることにした。そして母親にこう言った。新しいお父さまのモムセンさんをわたしがどんなに好きか、お母さんにはわからないでしょう！舌の上に生き物が現れた気配はない。それは、ミルドレッド叔母の呪いがほんとうに効力を失った十分な証拠だった。言葉では言い表せないほど、メリンダは安堵した。母のメラニーですら、娘の変化に気がついた。娘は饒舌になり、他人を楽しませたいという誘惑にしばしば負けて、すばらしい物語をでっちあげていた。

数週間も経つと喉の状態は大いに改善し、かつての積極さも戻った。その後のメリンダはケンブリッジ大学に戻り、分類学で輝かしいキャリアを築き、大学の学監と結婚し、自らも聖キャサリン・コレッジの学寮長になった。そして晩餐会の主賓席でだろうが、身内だけの親密な席でだろうが、メリンダの優雅な社交術はいつも勝利をおさめるのだった。というのも、彼女は少なくとも私たちと同じ程度には、黒白おりまぜ、思いのままに嘘をつくことができたからである。

回想録

仮報告書

さぁ、オライリーさん、そろそろ洗いざらい白状してしまったらどうですか、と私は言った。もちろん、オフィスでの長い一日の後で私は疲れていたが、まだ諦めるつもりはなかった。信じてほしい、私は自分の客たちのことはよく心得ているのだ。通商産業省の検査官として、あらゆる類《たぐい》の尊大な大物実業家たちが座り心地のいい私の客用の椅子で縮み上がるのを、さんざん見てきている。なにか不快な話題が持ち上がると、彼らはそれがなんのことだったか、どうやっても思い出せなくなる。そんな話、聞いたことも、言ったことも、見たこともない、と。みな突然の一時的記憶喪失にやたらとなる。けれども目の前の愛想のよい小柄な男性には、純粋なものが感じられた。それ自体、珍しいことだ。奇妙なことだが三時間にわたる面談の後、私は彼の言葉を逐一信じたくなっていた。

　だがそこで終わらせるわけにはいかなかった。前にもお話ししたように、と私は話をつづけた。あなたの側に詐欺ないしは不正行為があったことを疑っておられる国務大臣から、私はこの件の調査を任命されたのです。一九八九年修正の一九八五年会社法の第四百四十六条により、あなたは証拠の提出を求められています。三百七十五万ポンドもの大金が会社の帳簿から霞のように消えてしまったことは、いかにあなたでも否定はできないはずです。鳥のエサと言える額ではありませんからね。

　否定するつもりはないんです、全然、と彼は請け合った。ただ、その金がどこに行ったのか皆目わからない。まったくもって見当もつかないのです。なんと言ったらいいか、そう、記憶からすっぽり抜け落ちているのです。私はため息をついて、机の上のファイルを引っかきまわして関係のあるページを探し出した。でもここには、十万ポンドを超える取引はすべて、会社の取締役としてあなたが承認しなくてはならない、と書かれてるんですよ！　そうなのかもしれません、と彼は瞬きひとつせずに答えた。それを私はすべて知っていたのかもしれない。だとしても、いつものように私はそのことを忘れてしまったのです。確信はないのですが、私が健忘症にかかっていると言ったのは、確かオラフソン教授だったと思います。けれども教授は、それが心因性のものか突発性のものか断言できませんでした。まぁ、まじない師の科学的なたわごとというのは、必ずしもわかりやすいものではありませんけれどね。

いいかげんにしてくださいよ、オライリーさん、と私は抗議した。もしあなたが自分で署名したかしなかったかを覚えていられないのなら、どうして最初に委任権を、それから理事会の席を与えられたのですか？　すると彼はこう答えた。そういうことが頻繁に行われているのは、私よりもあなたのほうがよくご存知でしょう。ついこの間も、オーズリー卿が明らかに二、三百万ポンドをかすめて刑務所行きになったという記事を読んだばかりです。卿は、どうしてそんなことになったのか覚えていない、と言いました。まさにそれが問題なのです、と私は彼のおだやかで真実味あふれる顔を見ながら言った。でもそれは、ここでもあそこでもないのです、と彼は物悲しげな声で言ってみせた。わかってはいただけないようですね。

オライリーさん、私になにができるでしょう。教えてくださいよ。信じてください、私はあなたの言い分を聞きたいのです。私は本気だった。彼の絶望的な表情には心打つものがあったからだ。でも警告しておきますよ、と彼は声をひそめた。これはとても長い話なのです。昔まで遡らなければなりませんから。もしもことの始まりから話してよいのなら……。

そしてことの始まりから彼が語ったのがこの文書である。私は彼に自分の言葉で書き留めるよう勧めた。もちろん、これは省に提出する報告書としてはふさわしくないが、今まで聞いたこともないような内容なので、自分自身のためだけとしても、記録を保存しておくのも悪くないことのように思う。

オライリー氏の回想録

どれほど努力をしてもたいして過去を思い出せなかった私が、ここで過去の思い出をたどろうというのは矛盾した行いのように思われるかもしれない。けれども通商産業省のオリヴァー・オルディスワース検査官がご親切にもそうするよう勧めてくださったので、健全な精神とほとんどすべての能力を完全に所持する私、オーヴィル・オライリーは、自らの不幸の歴史と影響について、自分の知る限りを——と言っても私の知識は不幸にして私の手に負えない力により損われているのだが——文書に書き留めようと思う。

私が不幸な子ども時代を送ったと言う人たちは、自分がなにを言っているかわかっていない。私の両親はおびただしい数の我が子に身も心も捧げていた。ときどき両親がオデットをオリーヴと間違えたり——確信は持てないが、オデットとオリーヴだったと思う——、オズモンドを私と、あるいはその逆に取り違えたからと言って彼らを責めるべきではないし、自分の兄弟の名前をついぞ覚えられなかった私には、なおのこと責める資格はない。ふたりは最善を尽くして、父オスカーが教区の教会の用務と鐘撞《つ》きの仕事から持ち帰ったわずかな収入で子どもたちに食べさせただけではない。あらゆる努力を払って、あまりに多くて私には説明できないほどの子どもたちそれぞれの特異性に従って、我が子たちを理解しようとした。それはけっしてたやすい仕事ではなく、ことに私に関してなど、両親より劣った人間なら尻込みしたであろうと思われる。

　後に起こることを予見させたのは、私に言語能力が欠けているように思われた点だ。もちろん生後五か月の赤ん坊が完璧に言葉を話せるとは、だれも思わないだろう。けれども専門家だけではなく親たちですら、赤ん坊はみな自分の産みの親を指し示すのに最初に「ママ」という言葉を発し、それから少し後に「ダダ」や「ダッド」やそれに似た言葉を発するものと信じている。私がこれまで聞かされたところによると、私にそうした貴重な言葉を発するよう教える努力はすべて空振りに終わったらしい。私が不機嫌だったとか注意散漫で黙っていられなかったというのではない。ただ二、三分も間があくと、教えられた言葉を繰り返せなくて、気の毒な母を「ララ」とか「ガガ」とか「ナナ」と呼んだのだった。父の場合もあまり差はなかった。私は父を「ササ」とか「ララ」と呼び、そしてごくまれに、たぶん偶然なのだろうが正しい言葉を口にした。そんなめったにないとき、両親は有頂天になった。けれどもその言葉がふたたび私の頭から抜け落ちると、ふたりがいたく落胆するのが私にもわかった。慈愛あふれる私の両親はそんな事態を冷静に受け止めた。ジョークにしさえした。だれに向かって言ってるか明らかだったら、「ママ」だろうが「ガガ」だろうが、かまやしないじゃないか？

けれどもそのほかにも、おもちゃの問題があった。おもちゃが届くと、私はどれほど夢中になったことだろう！　あるときにもらったおもちゃのことを覚えているように思う。それは小さくてカラフルな積み木で、ブロックの各面におとぎ話の一場面をばらばらにした絵が貼ってあった。そのブロックを組み合わせて、〈白雪姫と七人の小人たち〉や〈赤ずきんちゃん〉の一場面を完成させるのだが、私はそれを記録的な短時間でやってのけた。けれどもあるとき、きれい好きだった母が、ベビーベッドに私が集めたおもちゃの巨大な山を片づけてしまった。一、二週間後にその積み木を見せられても、私にはそれが以前に自分が遊んだ積み木だとはわからなかった。でもオーヴィルったら、前にはできたじゃないの、と母は嘆いたが、私にはそのブロックがなんのためのものか、まったく理解できなかった。目的が把握できないほど知能が低かったわけではない。積み木の目的はすぐに発見したからだ。それでも毎回、ゼロから始めなければならなかった。そのことについて正式に相談されたときの気の毒な父の心配そうな表情が私は気に入らなかったが、もちろん、その事態のよい面は、私がついぞおもちゃに飽きなかったことだ。適切な間隔をおいて与えられると、いつもおもちゃは目新しいものに思えた。

私の知的な技能が大いに向上し、ある程度なめらかに話ができるようになると、私が口にする一連の言葉に両親はますます困惑するようになった。そしてなにかがおかしいと気がついたのだ。私は両親の言うどんな文章でもすぐになら繰り返せるのだが、一日、二日してからそれを言おうとすると、気おくれのせいで言葉を取り違えたり、文の形になっていないものを口走ったりするのだった。もちろん私は排便に必要な手順を完璧に理解していたが、いざそれを実行する段になると、母にどう伝えたらいいのかわからなかった。まるで排便に関する言葉が私の記憶からそっくり抜け落ちているようだった。まず、オ、オ、オ、と自分の名前を思い出そうとする。「オはするの……、オはしなくちゃ……プンプンを」ぐらいしか言えない。この場合は身振り手振りが役に立ったが、そうでないとき、たとえばオデットがまたもや私の耳にクモを入れたことを父に必死に伝えようとするとき、クモがクモと呼ばれていることが思い出せず、私のパントマイムも役に立たなかったから、父は私が少し気がふれてしまったとでもいうように見つめるだけだった。自分がその言葉を知っているとわかっていたから、いっそう腹が立った。だれに聞いても、私の語彙は幼児としては驚くほど豊かだったという。ただ肝心なときに、めったにその語彙を活かせないのだった。おそらく最悪のハードルは自分の名前だった。もちろん、名字のO'Raghallaighには、だれだって手を焼いただろう。正しくはオライリーと発音すると知っていたわずかな人たちですら、突然それに出くわすとうろたえたものだ。でも私は、単なるオーヴィルですら、ぎょっとしたのだ。それを私は、オベロンやオズモンドは言うにおよばず、オーランドとかオセロとかとしょっちゅう混同した。おそらくこうした名前は、大勢いる兄弟のものだったのだろう。あまり親しくない叔父に名前を聞かれたりすると、しばしば私は哀れっぽく、オー……、オー……、オー……！　と繰り返すばかりで、その先が皆目思い出せなかった。

けれどもこんなことは、私が学校に上がって直面した問題に比べれば序の口だったのだ。私の物忘れの激しさに対処できる教師はほとんどいなかった。私はきわめて理解力に優れていたと言わなければならないが、こと記憶力の欠如に関しては、学校のスタッフはただ機嫌を損ねただけでなく激怒したのだった。これは連分数というものだと、私が何度言ったと思ってるの。黒板にごちゃごちゃと書かれた数字を表す言葉を、私が思い出せずに呆然と見つめていると、教師はそうがなり立てた。文法の教師は私がなにか間違えるたびに、おまえの下手な言い訳にはうんざりだ、と怒鳴った。また私が授業の妨害をしていると言って、きわめて粗野でばかばかしいやり方で責められ、その決めつけは延々とつづいた。ただ幸運にも、冷静さを失ったときに頼れる友だちがひとりだけいた。言葉が思い出せないと、これ、なんて言ったっけ？　教師の名前がわからないときには、あれはだれ？　と尋ねることができた。確かに彼はとても辛抱強かったが、一年も経つとさすがの彼も堪忍袋の緒が切れ、その後はこの友だちの助けなしにやっていかなければならなくなった。

この危機的な時期を私が乗り切るよすがになったのは、文章を書く技術だった。頭のなかが頻繁に真っ白になってしまう人間にとって、これは最良の処方箋だった。最初のうちは、壁に貼れる、黄色くて小さい便利なメモをとても気に入っていたと思う。すぐに私の部屋はどこもかしこも、このメモで覆われた。母は最初はこの紙の海を見て動揺したようだったが、二、三度、弱々しく抗議をしただけで我慢してくれるようになった。もちろん、正しいメモを見つけ出すためには、どのメモがなんであるかを覚えておくという問題があったが、優れた方向感覚のおかげで私はいちばん肝心な単語やフレーズを見つけ出すことができた。もうひとつの対処法はポケット型の類語辞典で、私はそれを持ち歩き、必要とあらば急いで引くのだった。

それから記憶法もあれこれ試してみた。記憶法《ニモニック》自体、覚えづらい単語だが、それを覚えられたのは、なぜか忘れられなかったアガメムノンというお気に入りの言葉に発音が似ていたおかげだ。あるいはたとえば地理だったら、我が家のバンガローを思えば、たちどころにバンガローレという都市の名前が浮かんだ。この同じシステムを使って、私はいらだたしい自分の名前の問題を解決した。自己紹介が必要になったとき、私は必ず声に出さずに、「言葉を思い出せないのは、努力あるい《オー》は意志《ウィル》が欠如しているからではない」と唱えたのだ。このマントラ《経文》のなかの「オー・ウィル」からオーヴィルを即座に思い出せた。それから名前と名字をつっかえずに言えるようにすら練習した。このふたつが長い一語であるかのように扱って、いつでも口から出るようにしたのだ。

私が起こした騒動に直面しても、両親は見上げた冷静さで対処したと言わねばならない。それは、彼らが私に注意を向ける時間が限られていたせいかもしれない。なんと言っても、私以外に九人もの子どもに注意を払わなければならなかったのだから。だが、ふたりが私の問題に無関心だったわけではない。私が九歳か十歳になったころ、両親は大金を投じてまで私に専門家の援助を得ようとしてくれた。その後私が耐えることになった大勢の専門家の一番手は、言語療法士だった。私の記憶が正しければミス・オグルソープという名の、きびきびとして血色もよく、奔放な楽天主義の持ち主だった。ミセス・オライリー、ご心配なく、坊ちゃんの問題はあっという間に解決してさしあげますよ、と彼女は言うのだった。

ミス・オグルソープがそんなことを言うのは、他の専門家同様に私の不幸を把握できなかったからだ。彼女の念頭にあったのは言語障害だったが、言うまでもなく私にはその障害はなかった。私がたまにどもるのは彼女の考えのおよばない理由のせいであるとは、ミス・オグルソープには思いもつかなかった。彼女が何時間も不必要に怒鳴りちらした後、代わって登場したのはドクター・オッペンハイマーだ。彼はオーストリア出身の、いかつくて大変な高給取りの医者で、患者の潜在意識を探って突飛な考えを見つけては、そのもつれをほぐそうとするのだった。擦り切れて悪臭を放つ長椅子に私を横にならせ、私の背後に座ったドクターは、私が両親から受けた暴行や虐待について探ろうとした。彼は幼児虐待にことさらご執心のようだった。でも、それほど真実からかけ離れていることはありません、と私は抗議した。それどころか、ぼくは両親のお気に入りなんですから！　そんな言葉をドクターは受け入れるつもりはなかった。君の問題はだね、と彼は甲高い声を出した。記憶力の欠如なんかではない、君が忘れたいと思っていることだ！　その後も彼は一時間八十五ポンドの料金で、否認と抑圧について他愛ないことを延々と話しつづけたものだから、ありがたいことに、ついに気の毒な父が、こんなぜいたくをする余裕は我が家にはないと決めたのだった。

その後は、ドクター・オッペンハイマーの代わりにオウル・オラフソン教授にしばらくかかった。ノルウェー系のおだやかな、パイプをたしなむ医者で、自分のオフィスで診療をしていた。毎回、教授は手始めに、フィッシャーマンズ・フレンドを私になめさせた。この強力なハッカのトローチが私の記憶をあらたにしてくれるはずだと考えてのことだ。そもそも私には語るに足るほどの記憶などなかったのだから私が記憶喪失症ではないことを、教授は最後まで理解しなかった。そして多くの専門家同様、彼も人の話を聞くことができなかった。話を聞く代わりに、教授は私にばかばかしいテストの集中砲火を浴びせ、それが終わると反りかえってこう言った。君、おめでとう！　我われは確実に早発性認知症を除外できるし、君が皮質性ないし皮質下性の失語症にかかっていないと言っても安全だと思う。腫瘍、薬物依存症やアルコール依存症の証拠もない。これは感謝すべきことだ。君は無関心なようにも、おしゃべりなようにも見えない。私の言いたいことがわかってもらえるかな。であるからして、コルサコフ症候群は忘れてよいだろう。もちろん、頭蓋骨損傷は言うにおよばず脳震盪もないのだから、後退や健忘症を心配する必要もない。それはいい知らせだ。それでもあえて、君が完全にぴんぴんしているわけではないと言っておこう。率直に言って、君のような症例を見るのは初めてなのだ。それで病名は――うん、なんと言ったかな？　舌の先まで出かかっているのだが……ああ、そうだ――健忘失語症ということにしてもよいだろう、それでは単純すぎるだろうが。いいかね、私にできることと言ったら、この錠剤を処方してあげることだけだ。食前に一錠飲むようにすれば、いつの日か、君は私たちと同じように話せるようになるはずだ。

これを限りに、私は医療の専門家とつきあうのをやめた。そして惨憺たる成績で高校を終えた後、つかの間しか集中できないという私の精神の特性を考えると、大学に行くことなど問題外であることに思いいたった。私は知性に恵まれていたから、偉大な知性は必要とするが、知ったことは一、二分だけ記憶していればよいような、そんな仕事を探さなければならなかった。そこで私は有名なカジノに就職し、またたく間に一流の「親」の助手として頭角を現した。ルーレットのテーブルでは、次のゲームがその直前までのゲームとはまったく無関係に進む。そのためここでは記憶力は重要でない。職業的観点から言えばこれは私にあった取り決めだったが、私が心からこの仕事に打ち込んだとは言えない。それまでにいやというほど経験した辛い状況を避けるために、私は孤独な生活を送っていた。

でもそこに、奇跡が起きたのだ。もちろん私は、学んだラテン語はすべて忘れてしまっている。この点で私はけっして例外的な存在ではない。けれどもひとつだけ、心に大切にしまい込んだフレーズがあった。「オムニア・ウィンキト・アモル——愛はすべてに勝つ」。私が将来の妻オッティリー・ヴァン・オーステンに出会ってすぐ、この言葉が真実であることが明らかになった。彼女は私のテーブルによく来たが、おおかたの客と違い、どれだけ勝とうと負けようといつも物静かだった。私は物忘れの激しさゆえの内気さと闘いつつ、そして奇妙なことに内気であることだけは忘れられなかったのだが、自分のシフトが終わると彼女に話しかけた。すると驚いたことに、彼女は私を気に入ってくれたのだった。その後は、約束した時間や場所が私の記憶から抜け落ちてランデブーに失敗することもたまにはあったが、ふたりで甘美なときを過ごした。自分の欠点を洗いざらい、私は彼女に告白した。オッティリーは思ったよりずっとよく理解してくれた。彼女は私が話したことに興味を持ち、面白がりさえした。

そして私が人生最悪の失態を演じたときも、気概のあるところを見せてくれた。私はある誕生パーティー——だれのお祝いだったかは思い出せない——に招かれていた。客間に入ると、これまで見たこともないほどチャーミングな女性が窓際にひとり佇《たたず》んでいた。私は彼女のところに行き、そのころには自分の名前を暗記していたから、やすやすと自己紹介した。「初めまして、お目にかかれてうれしいです」というようなことを言ったのだ。次の瞬間、私は恥ずかしさに頭がくらくらした。自分の婚約者に話しかけていたとわかったからだ。けれども見上げた女性であるオッティリーは瞬きひとつしなかったのだった。

この記念すべき瞬間から、そしてそれまでの長い年月で初めてのことだが、私は自分が安全

だと感じた。ここに、私の状態を真摯に受け止めてくれる人がいた。たとえば、彼女は私の問題は完全な忘却ではないことを理解してくれた。いっそ完全な忘却のほうがことは簡単なのだが。もしそうだったらぼくは精神病院に送られ、それで一巻の終わりだっただろう、と私は彼女に説明した。でもそうではないんだ。ぼくの問題は、いろいろなことがときどき思い出したようによみがえってくることなんだ。ぼくは言葉を探し求め、言葉が舌の先まで出かかってためらい、どもる。そうして結局、たいがいは無駄な悪あがきに終わるんだ。でもときどき、だしぬけにひらめきが訪れて、ぼくは驚くべき記憶力を発揮する。たとえばたった今だって、ぼくたちが初めて会ったときの君のドレスの色を思い出せるし、自分の兄弟姉妹全員の名前すら言うことができる。ぼくの記憶はいつもスイッチオフとスイッチオン、停止と発進なんだ。自分がなにを知っているか、いつ、なにが記憶から抜け落ちてしまうか、前もって知ることはできない。だからぼくが、自分はなにもかも忘れてしまうと言うとき、ぼくはあの有名なパラドックス、「すべてのクレタ人は嘘つきだ」と言ったクレタ人のエピメニデスと同じ立場にある。つまり、彼が嘘をついていたか真実を言っていたか、知りようがないだろう？　それと同じで、もしもぼくが、自分はなにもかも忘れてしまうと言ったとしたら、自分がなにかを忘れたということを、どうやって覚えているのだろう？　ああ、愛しいオッティリー、君ですらぼくを信じないだろうし、信じなくて正しいんだ。

あなた、まぁ落ち着いてちょうだい、と彼女は私をなだめた。私が存在してるってことを忘れないでいてくれる限り、あなたの記憶がどうだろうと私はちっとも気にしやしないわ。それにこのことにも明るい面があるのを、あなたは気づいてないのね。完璧な記憶に苦しんでいる人のことをちょっとでも考えてみて！　それこそほんとに恐ろしい呪いなのよ。たとえばこれまでの歯痛も、パニックや鬱になったときのことも、すべてを完璧に明確に覚えてたら、私、たぶん頭がおかしくなってしまう。ありがたくも、私がのんきに忘れてしまったことがごまんとあるはずなの。私たちが第二度までの健忘症でいられて、自分があらゆることを忘れたということすら忘れられるというのは、なんて頭のいいことなんでしょう！　だからね、オーヴィル、あなたの苦しみは、実は幸せなことなのよ！

未来の妻の賢さに、私はひたすら感じ入るばかりだった。ところで彼女は最初はアムステルダムの、その後はロンドンの有名なオークション会社で、贋造物の専門家として仕事をしていた。彼女の優しい言葉のおかげで、私は自分の技を磨くことに専念した。もはや頭のなかで突然生じる空白のことで怯えたりしなかった。そしてそれ以降、こけおどしや当てずっぽうで成功することが多くなった。実際、私があまりにそうしたことに長けてきたので、オッティリーに警告されたくらいだ。あなた、この調子でつづけたら、遅かれ早かれみんなと同じになってしまうじゃないの。あなたがなくしてしまう長所のことを考えて！　これまでのあなたは嘘をつく必要がなかったのよ、だって隠す必要のあるものがあるかどうかすら覚えていられなかったんですもの。さらに彼女は、私がカジノで親の助手として働くのは、私の才能の浪費だと指摘した。あなたは政治かビジネスの世界に入るべきなのよ！　ことに高い地位では、自分が約束したり行ったりしたことを思い出せない人の需要がとってもあるの。金融の世界にいる何人かの友だちにも話してみるけど、あなたの働き口が見つからなかったら驚きだわ。

こういういきさつで、私は通商産業省が現在懸念を抱かれている会社で五年間仕事をすることになった。この役職で、私の症状が大いに役に立ったと言わなければならない。妻の警告を頭にとめて、私はわずかな健忘症を保持するように留意した。すべての取引に関して私が言い訳したりだましたりする必要がなかったのは、このためだ。私は先例を知らなかったし、多くの場合、交渉がなにに関するものかすら知らなかったのだから。私の仕事と言えば、議題が不要な騒ぎやとどこおりもなくスムーズに通過するよう、咳払いをし、頷いてみせ、ときたま、もごもごとつぶやくことだけだった。

これらが私の事件に関連のある事実であり、私が知り、信じる限り、正確に述べるよう努めたものである。私が見落とした間違いや欠落があればお詫びするとともに、私の敵によって投げかけられた中傷をこの調書が終わらせてくれることを願っている。

追記

問題とされている会社の記録、ならびにオライリー氏の個人的な口座の記録を完璧に調査した結果、氏は彼の会社が行ったと疑われている不正行為からまったく利益を得ていなかったことが判明した。氏の側で寄与過失があったか否かについては議論の余地がある。証拠不十分のため、本件に関してはこれ以上の措置はとられない。

破産手続きは出資者が見つかり、管財人が満足のいく形で資産を処分できたため、比較的うまくいった。このため、オライリー氏には法定報酬の三百二十五万ポンドが支払われた。氏は現在、キングストン・アポン・テームズに家族とともに住んでいる。私の知る限り、すべて順調であるらしい。氏は〈記憶力〉と呼ばれるゲームを好み、毎回子どもたちを負かしてはがっかりさせていると聞いている。

ふつうすぎたノーム

ミセス・マローニーが、稼ぎのとぼしい郵便配達夫の夫との長すぎる結婚生活のすえによう やく身ごもったとき、男の子が授かりますようにと彼女は祈り、ミスター・マローニーは女の子を望んだ。この意見の相違はさまざまに辛辣な言い争いに発展した。子どもの名はノーマがいいのだと夫が怒鳴れば、妻は絶対にはずれることのない母親の直感に従って、ノームという名に一票を投じた。その場はミスター・マローニーが台所のテーブルをどんと叩いて押し切ったが、彼の勝利は長くつづかなかった。月が満ちると、ミセス・マローニーが男の赤ん坊を夫に差し出したからである。

けれども、生まれた我が子を初めて見たとき、新米の母親は不安にかられた。赤ん坊は度はずれて目が淀んでいただけでなく、身体はエビのように赤く、頭から爪先までびっしり体毛で覆われていた。ミスター・マローニーはベビーベッドの上にかがみ込み、おまえの見てくれだって時の試練に耐えなかったのだ、自分たちふたりの共同作業の結果がこんなになるのも当然さ、と言い捨てると産科病棟を後にして、仲間たちと祝杯を上げにお気に入りのパブに行ってしまった。

さぁさぁ、しっかりしてくださいよ。筋金入りの男女同権主義者である助産師が、絶望しきった母親を諭した。泣きじゃくるほどのことじゃありませんってば！　男はいつだってあんなもんです。ほんと、なんの役にも立ちゃぁしない。それに坊やのことだって、わたしも長いことこの仕事してますけどね、もっとひどいのを見てますよ。なんてったって、坊やにはちっちゃなオチンチンも手も足も、みんなあるべきところについてるみたいじゃありませんか。こんな善意の言葉も、ミセス・マローニーの不安をとりのぞくにはいたらなかった。患者に希望と慰めを与え、さらに小さな錠剤をどっさり飲ませてこの窮地を救ったのは、病棟の看護師だった。確かにね、ノームちゃんはほとんど目を開けられないようだし、湯通ししたヒヒに少しばかり似てなくもないですよ。そうは言っても、これでおしまいというわけじゃありませんからね。だれにわかります？　マローニーさんが赤ちゃんの肌をゴシゴシこすったりしなければ、赤みはそのうち薄れるでしょう。二、三週間か二、三か月も待ってごらんなさい。この子がぱっちりしたお目々であなたを見つめたって、それにまぁ全部とまではいかなくても、毛がほとんど抜け落ちたって、わたしは驚きませんよ。

そして実際そのとおりになり、ミセス・マローニーを喜ばせた。ほらごらんなさい、と彼女は夫に言い放った。この子に悪いところなんて、なんにもないんですからね！　ミスター・マローニーはノームの完璧で青白い肌、毛のないお尻やうるんだ目にちらっと視線を走らせはしたが、一日の配達仕事で疲れ果ててとても妻と口論をする気力はなかったから、逆らわないことにした。そのときのふたりのどちらも、まったく違うところ、むしろ正反対の方角で危険が待ちかまえていることなど、知る由もなかった。一言で言ってしまえば、その後の息子は両親が夢にも思わなかったほどふつうになったのだ。生まれたときの目立つ特徴が消えると、ノームの説明をするのはどんどんむずかしくなっていった。ミスター・マローニーはいったい何回、クラブの仲間に息子を紹介しただろう。なのに仲間たちはいつも、まるで初めてノームに会ったような反応を示すのだった。実のところ、ノームの大勢の叔母や叔父や義理の家族も、たいていノームの外見が思い出せなかった。ミスター・マローニーですら、夕飯のテーブルに現れた十歳の同居人を見て驚いたことも一度ならずあり、放課後に息子を迎えに行ったミセス・マローニーは、持てる知恵を総動員しなければ息子を見分けられなかった。担任の教師はいく度も繰り返し彼に名前を尋ね、そのたびにノームの同級生たちを喜ばせた。そんなことでもなければ彼らはノームを無視しただろうが、それはけっして悪意からでなく、単にノームの存在を忘れてしまうからだった。

ある程度までなら、平均的な人間は自分が平均的であることを気にしないものだ。けれどもふつうであることと、事実上、人の目に留まらないほど度を超してふつうなのとでは大違いである。ひとり息子がこの状態をとても深刻に受け止めているのに、ミセス・マローニーは気づかずにはいられなかった。かわいそうな少年がベッドですすり泣いていたのも一度だけではなく、ついに彼女は勇気をふりしぼって、息子を医者に診せるべきではないだろうかと夫に尋ねたのだった。おまえは物笑いの種になりたいのかい、と夫は反論した。医者になんて言うつもりだ？　おまえのガキが言葉にならないほどふつうだとでも？　医者があいつを本物の男にする処方箋を書いてくれるとでも思ってるのか？　夫の口調は気に入らなかったが、言っていることはもっともだとミセス・マローニーは思った。

一方、幼いノームは、自らの不運を甘んじて受けるつもりはなかった。心の奥深いところで、今直面している前代未聞の難題に自分は全力で立ち向かうべきなのだと感じていた。挑戦の最初の印として、彼は見るもおぞましいゴーグルをかけた。数日の間、それは同級生たちの目を引かずにはおかなかったが、時が経つにつれて彼らはその小物を見慣れ、それをかけている人間のことを忘れた。ノームがなんの変哲もない顎にサンタクロースの白い顎ヒゲをのりで付けたときも、通学カバンにサイレンを付けたときも、頭に鳥の羽根飾りを付けて勇ましく学校まで行進してミスター・マローニーを失望させたときも、同じことが起きた。人びとはせいぜい彼の小物を笑うぐらいで、それを付けている人物に注意を払おうとしなかった。絶望のあまり、ノームは自分の頬に小さな傷をつけることすらいとわなかった。頬の赤い傷口が彼の顔に人目を引いてくれたらと願ったのだ。だが彼の肌の優れた治癒能力は、その望みを粉々に打ち砕いたのだった。

ただならぬほど正常なノームに、十歳の学童にめったに見られない想像力があふれていようとは、だれが考えただろう！　もちろん彼は、見かけ倒しの見せものが人びとの足を止めなかったことに落胆したが、それに挫けることなく、きわめてオリジナルな戦略をあらたに思いついて気概のあるところを示したのだった。それまでのところ、ほかのあらゆるものと同じく、スポーツにおいても彼は究めつきの凡庸な存在だった。体育を非常に重要に思っているミスター・

マローニーに、最近の息子はどんなふうかね、と尋ねられたとき、体育の教師はノームのことを思い出せず、肩をすくめて、まぁまぁです、と答えた。それを見ていたノームは自分のチャンスのありかを理解したのだった。これからは意思の力を総動員して、スポーツの世界で最悪の存在になるという偉業を達成するのだ。ただ不器用な選手ということだけでなく、身体能力が驚くほど欠如していると見せるのが肝心だった。のぼり棒からはだらりとぶら下がり、リレーが行われればバトンを落とし、ボートを漕ぐよう言われれば必ずオールを流すことに決め、彼はそれらをやってのけた。この計画はなかなか効率がよかった。たちまち同級生に気づいてもらえただけでなく、彼の悪名がとどろくようになったのだ。最高の結果はサッカーのフィールドで得られた。彼は心してボールに近寄らないようにし、だれかが彼に向けてボールを蹴れば俊敏に動いてオフサイドの位置に移動した。どちらのチームが彼を取らなければならないかで、激しい議論が巻き起こった。困り果てた体育教師は、ノームが体育の授業に出なくてよいよう医師から証明書をもらえないだろうかと、ミセス・マローニーに持ちかけ、手厳しい拒絶にあった。なんですか、と夫人は言った。あなたはうちの息子が身体的な障害を抱えているとでも言うのですか？　とんでもない、と慌てて体育教師は言った。それどころか、息子さんは完璧にふつうです。ただ最近、運動の内容が飛び抜けて悪いもので。その言葉に、ミセス・マローニーが金切り声を上げた。あなたは息子をお払い箱にしたいのね、そうよ、それだけでしょ！　そして叩きつけるようにドアを閉めると、大急ぎで家にとって返し、夫に早速そのニュースを告げた。ふん、それ見たことか、と夫は言った。さぞ満足だろうな！　これがおまえの望んでいたことじゃないのかね？　学校でだれもあいつのことに気がつかないといつもグチをこぼしていたのは、おまえじゃないか！　そしてようやくみんなが、おまえのノームは特別だって気がついたというのに、おまえときたらグチばかりこぼすんだ！　だって、あの人たちときたら、かわいそうなノームに文句をつけることしか考えないのよ、とミセス・マローニーは言いつづけた。あの子が完璧にふつうなんだってこと、あの人たちにはわからないのかしら？　そうさ、恐ろしいくらいふつうだよ、とミスター・マローニーは思ったが、妻との喧嘩をまた引き起したくなかったので、心のなかでつぶやくに留めたのだった。

その学期が終わろうというころ、学校には危機感が漂っていた。町の反対側にあるライバル校とのサッカーの試合が第二節に入っていたのだ。試合中、すべての眼がノームに注がれていた。そして試合終了三分前に彼が自殺点《オウンゴール》を上げると、軽蔑は純然たる憎悪に取って代わられ、ノーム、この間抜け、腰抜け、濡れたペチャぱい！　といった罵声が飛んだ。試合終了の笛が鳴るか鳴らないかのうちに、教師、選手、観客らが一団となってこの哀れなディフェンス選手を追った。死ぬほど怯え、でも同時にあらたに注目を勝ち取ったことに心を躍らせながら、ノームは間一髪、危機を脱した。自分でもびっくりしたことに、彼は走ることができた。それまではどんな競争でもビリになるよう心がけていたから、まともに走らなかっただけだったのだ。

夏休みの間、彼はこっそり家を抜け出しては新しく見出した技を磨いた。人目を盗んで走るとき、生まれて初めて自分が優れていると実感できた。森には中年のジョギング愛好者が大勢押し寄せていたが、喘ぎあえぎ走っている男を抜き去ったとき、彼はその哀れな老いぼれのホモ男に憐れみを覚えた。思ってもみなかった分野で息子が秀でていることで両親にショックを与えてはいけないと、彼はひとりきりのダッシュを森の奥深くで行った。そしてミセス・マローニーにどこにいたのか尋ねられると、ただぶらぶらしてただけだよ、と答え、ノームに関する限り、すべていつもどおりと思わせた。けれども、それほど真実から遠いこともなかった。明らかに、肉体的な努力が彼の脳の化学組成になんらかの影響をおよぼしたのだろう、彼はときたま物思いにふけるようになったのだ。それまでの彼にはまったく経験したことのない状態だった。

もしかしたら、同級生たちの非難にも一理あったのだろうか？　それとも単に自分にガッツがなかっただけなのか？　その一方で、死にたくないという衝動が、スプリンターとしての実力を自分から引き出したのかもと思うと、おかしかった。考えてみれば、ぼくは走るとき、ひょっとして自分から逃げようとしているのだろうか？　でももしそうだとしたら結果は論理的な謎だ、と彼は結論づけ、それ以上は追求しないことにした。

それから彼の思考は別の方向に向かった。いったいなぜなんだろう、と彼は自問した。相当のスピードで走っているときですら、ランナーたちは必ずと言っていいほど、走るべき距離に比べてばかげたほど小さな歩幅で走るのは？　どうしてガゼルやヒョウのように跳躍しながら進まないのだろう？　もちろんこうした動物には四つ足という大きな利点がある一方で、メディアがはやしたてる運動選手たちにはたった二本の足しかないのだが。それでも、いったん疑問が目の前にそびえると、人はつねに答えを探し求めずにいられないものだ。であるからして、真実を求める自分の鬱々とした探求に自然界がインスピレーションを与えてくれることを願って、ノームは動物園を訪れた。彼は、自分がヒョウやガゼルと競えると考えるほどの思い違いはしていなかったが、繁殖期のありふれた野ウサギに対しては少々劣るぐらいだと感じていた。だから、一九九九年の世界陸上選手権セビリア大会の四百メートル男子決勝で、十一年前のブッチ・レイノルズの記録を破って四十三秒一八で優勝したマイケル・ジョンソンですら、野ウサギに追いつけるかは疑問に思った。そんなことを考えたちょうどそのとき、カンガルーの囲いに通りかかった。そして群れの全員がすばやく跳ねまわっているのを見て、天啓が舞い降りたのだった。移動の方法に関する限り、カンガルーも二本足であることに疑問の余地はない。彼らをじっくりと観察した結果、自分ならカンガルーよりもっと上手にできそうなことを、彼はうすうす感じ取ったのだった。

そして彼は間違っていなかった。森の奥深くで、ノームは衝撃的な新しいテクニックをわずか一週間で完成させた。最初はどちらかというとカエルのように単に跳びまわっただけだったが、徐々に要領を得ると大きく跳躍することを覚え、一回の飛距離を伸ばし、ジャンプを長くすることで、驚くほど高くまで跳べるようになった。こうしてノームは、陸上競技界は、彼の〈大いなる飛躍〉に比べたらまるでみじん切りとも言える小さな歩幅を選手に課すことで罪をおかしてきた、という彼の論理を実証することができ、満足を覚えたのだった。

遅かれ早かれ、ノームが秘かに行っていた弛《たゆ》まぬ練習に外部の世界が侵入してくるのも、避けられないことだったのだろう。それは、引退した森林監督官、ミスター・マリガンという形で現れた。彼は近くのログキャビンに数頭の犬とともに住み、かつての縄張りを今も熱心に見まわっていた。でもなによりも彼は熱烈なスポーツファンで、日々、白黒のテレビにかじりついて地元の競技会や全国大会、ヨーロッパや世界選手権を観戦した。もちろんオリンピックも観たが、これは彼にとって残念なことに四年に一度しか開かれないのだった。八月のある日の午後、日課の散歩に出かけたミスター・マリガンが、十二歳になるダックスフントのブリンプに排便させようと森の木立が開けるあたりで立ち止まると、ピンクのショーツをはいた男子生徒がバットマンのようなスタイルで跳躍しながら、飛ぶように通り過ぎていった。かつての森林監督官は口を利くこともできず、怯えた犬は排便をつづけられず突然現れた亡霊に吠えかかったが、それはあっという間に遠ざかって見えなくなった。

ミスター・マリガンはそのままことを放置するような人間ではなかった。自分にはこの不穏な事件を調査する義務があると考えたのだ。事件のせいで頭がくらくらし、夜も眠れなかっただけでなく、このことがスポーツマンシップの未来に影響をおよぼすことも考えられた。彼はノームのタイムを測ることも考えたが、少年に追いつくことなど不可能だったから、そうした試みは最初から失敗に終わる運命にあると気がついた。目撃した現象の動かぬ証拠を手にしようと彼がその次にとった手順は、引出しを漁《あさ》って若いころに使った箱型の写真機を探すことだった。こうして準備万端整えたミスター・マリガンは、ノームがやみくもに疾走してくるのを待ちかまえた。一、二時間が過ぎたころ、遠くの伐採地から少年が飛び出してくるのが見えたが、ノームが彼の前を通り過ぎ姿を消すまでの間にやっとのことで撮れた写真は、わずか二、三枚だった。

悲しいかな、現像された写真は期待を大きく裏切るものだった。明らかに、写真機のシャッタースピードには改善の余地が大いにあったのだ。プリントには空飛ぶ怪物の亡霊とおぼしき影しか写っておらず、アイルランド陸上競技協会やアイルランドスポーツ協議会の陰気な事務所を訪れてこれを証拠に提出したミスター・マリガンは、担当事務官たちに冷たくあしらわれただけだった。そこで彼は高望みをしないことにし、まず国際アマチュア陸上競技連盟を訪ねてばかにされ、次には青少年陸上競技連盟を訪れて下品な冗談であざ笑われたのだった。

あの子はいったいなにを企んでるのかしら、とミセス・マローニーは疲れ切った夫に言った。毎日、どこで午後を過ごしているのか、私にはなんにも言わないのよ。それにいつも動きまわってるみたいだし。この二、三週間でスニーカーを二足も履きつぶしたなんて、あなた想像できる？　それに家に帰ってくるときはいつも息を切らしてるし、満足げな顔で頬もサクランボ色だし。全然あの子らしくないのよ。どう思う？　そうだな、とミスター・マローニーはつぶや

いた。おおかた女の子でも追いかけてるんだろう。だがノームの母親は、そんな中傷を黙って聞き過ごす人間ではなかった。あの年で！　と大声を張り上げた。どうしてそんなことが言えるの？　そしていつものごとく、その後のふたりの会話に見るべき点はほとんどなかった。

一方、頑固さにかけてはノームにひけを取らないミスター・マリガンは、徹底的にこの件を調査するつもりだった。ダックスフントのブリンプは役に立たなかったから、次のパトロールには恐るべき大きさのマスチフ犬、ゴルゴを連れていった。いつもの習慣でノームが十五時十五分きっかりにスターティングポジションについたとき、森林管理官と犬は彼の背後のキイチゴの茂みに身を潜めていた。そして数秒後にスプリンターが飛ぶように通り過ぎると、「つかまえろ！」とミスター・マリガンが叫び、ゴルゴは猛スピードで進む影に突進した。それはニアミスだった。マスチフは猛り狂って吠えながらノームを追いかけ、パニックになったノームは四百メートルの短距離走で終えたくなくて五千メートルにまで距離を伸ばし、その時点で町の目抜き通りにたどり着いていた。そこから道を二、三本も行くとミセス・マローニーの家で、犬は家の玄関まで、獲物を追いかけてというより嗅覚を頼りにたどり着いた。そして腕を組み、雌ライオンのように眼光鋭く立つ母親の姿を目にして、頭を垂れ、くんくん鳴き、こそこそとその場から立ち去った。

ふだんは退屈で麻痺したような小さな町で、このできごとに人びとが気づかないわけはなかった。一七七九年の大火事以来、町の境界線のなかでこれに肩を並べる事件は起きたためしがない。大騒ぎが巻き起こり、一時間も歩いてくたびれ果てたミスター・マリガンがようやく犬に追いついても、だれひとり、彼の功績を認めたり、説明に耳を傾けたりしようとはしなかった。まったくの偶然だったが、口をあけて町の聖堂に見とれていたふたりの日本人観光客が、疾走してきたノームをアマチュアビデオにとらえており、その映像を独立系テレビ局が大枚をはたいて買い取った。その晩、何百万の視聴者がそれを見たか定かではないが、その光景はほとんどの人の脳裏にしっかり焼き付いた。

マローニー家の玄関ドアを最初に叩いた人間のひとりはノームの体育教師で、間もなく開かれる校内の競技会にノームが参加してはどうか、とおずおずと提案した。その提案は、当の生徒からは侮蔑の視線で、一日の仕事を終えて缶ビールの六本パックでくつろいでいたミスター・マローニーからは、印刷するにははばかられるような言葉で迎えられた。けれども、さらに悪いこと、ずっと悪いことがその後に控えていた。インタビューを求めるレポーターたちが何台ものタクシーで静かな小道に押しかけ、その彼らを、大金と引き換えにノームの広告出演の独占契約を求める情け容赦ない重役たちが押しのけた。それに対してノームは答えた。ぼくはヒゲを剃らないし、ヨーグルトなんて大嫌いです。お願いですから、帰ってください！ ミスター・マローニーは、怒りと当惑の面持ちで訪問客を見つめた。息子宛ての手紙を何袋も家にかついでこなければならなかった彼には、いったいぜんたいなぜみんながこんな大騒ぎをするのか、どうしても理解できなかった。一方のミセス・マローニーには、突如一家の誇りとなった息子が、どうして努力の黄金の果実を手にしようとせずに放棄、拒絶するのか理解できなかった。ビールのおかげでかすかに放心状態になっていた夫の頭にもこの主張が染みわたると、今度ばかりは、彼も妻に同意せずにはいられなかった。それでも、夫婦して重ねた甘言も不機嫌なスポーツマンに感銘を与えるにはいたらず、息子はお休みのキスもしないままベッドに入ってしまった。

その間、衝撃の波はアイルランドスポーツ協議会《ISC》、全英陸上競技連盟《BAL》、英国オリンピック協会《BOA》、全英高等学校陸上競技協会《ESAA》、アマチュア陸上競技協会《AAA》、全英陸上競技協会《UKA》、さらには国際アマチュア陸上競技連盟《IAAF》の本部に届いていた。緊急の首脳会議が密室で開かれ、きわめて複雑で熱した論議が深夜まで繰り広げられた。議事の開始を宣言したのは書記長だった。紳士諸君、今宵、我われはきわめて微妙な問題を扱っております。これから会議の開会を宣言します。どうか、ご静粛に！　それでは上級審判員のミスター・ムート、ご発言をどうぞ。

無愛想な小男が演壇に上がった。まず第一に、このランナーはレーン内を走っておったのでしょうか、と彼は質問した。私自身は、そこにレーンがあったか疑わしく思っております。次に、若きマローニー君に正しいスターティングポジションを取らせるスターターがおったでしょうか？　ビデオを見る限り、「位置について」、「用意」、「ドン」という規定の指示も、スターターピストルも聞こえませんでした。なにより肝心なのは、控えめに言っても、計測の規定が厳密には遵守されなかったことであります。

この時点で、カヴァン県シャーコックから来た皺《しわ》だらけのクラブの会長が立ち上がり、こうしたたわごとはすべて的をはずれておる、今問題になっている走者は正式に登録すらされておらんのだ、と発言した。この者は公認されたクラブに所属しておるのだろうか？　もし属しておるなら、六か月の待機期間を遵守しただろうか？　この者は援助金を要請し、文書による援助の証拠を取得しておるだろうか？　そして規定どおりに十ポンドの手数料を支払っておるだろうか？　つまるところ、そもそも資格を有しておるのだろうか？　彼の演説の残りは、聴衆の罵声にかき消されて聞き取れなかった。くたばれ、若造！　うるせえ、この老いぼれ！　といった言葉が飛び交い、秩序が回復してようやく、有数のスポーツ専門家のドクター・マクマーンが懸念を表明したのだった。我われがドーピングの問題に直面していると主張するのは忍びないのですが、噂によれば、くだんの少年は昼夜用ベニリン総合感冒薬の錠剤を服用したということであります。これはオリンピック運動ドーピング禁止条項で厳禁されている薬剤です。少年の母親、ミセス・マローニーが近所の人に、服用の事実を認めたようであります。

場内に「謹聴、謹聴！」の声があふれたが、権威を感じさせる小太りの若い男が介入するとその声もおさまった。コーチとして申し上げますが、と彼は始めた。これまでの発言された方たちが指摘されたすべてのよい点を脇に置いたとしても、私は若きマローニー君の歩幅と頻度の関連には深刻な問題を認めるものであります。これまで見てきたところからして歩幅は四フィートないし五フィートと推察され、それは正常な範囲をはるかに超えております。こうした行為を認めることは他の競技者たちに対して無責任かつ不公平になるということを、申し述べさせていただきます。

この言葉に、場内は静まりかえった。このむずかしい局面で立ち上がる勇気があったのは書記長だけだった。おっしゃることはわかります。だがその一方で、少年の潜在能力を考えれば、世界記録のひとつやふたつ、我われがやすやすと手にできるだろうこともお忘れなきように。それは我われのスポンサーを興奮させるに十分でありましょう。たぶん、我われはここでさらなる審議のために特別委員会を選任するよう、動議を提出すべきかと考えます。この発言は会場からブーイングやシッ、シッという声を呼んだ。貴君は規則集に違反する行為をせよと、ほのめかされているのですか？　と小柄な審判員のミスター・ムートが叫んだ。賄賂を受け取るほどの価値もない、とでっぷり太った人物が断定し、シャーコックからの老人は、我らが基準を下げよとな？　かようなことは我が輩の目の黒いうちは認めん！　と不機嫌そうに言った。そしてほぼ満場一致で、若きマローニーの不作法には一切かかわりを持たないことが決定された。

スポーツ界の公的組織の最高レベルでこうした危機があったことなど、マローニー家では一切関知しなかった。ノームは子ども部屋に閉じこもり、彼の部屋をノックし、どうしておまえはふつうの人間らしく振る舞えないのかと尋ねた父親と話すことを拒否した。牛の腎臓を煮込んだキドニーシチューを携えたミセス・マローニーだけは、息子に部屋のドアを開けさせることができた。彼女のひとり息子はベッドの上で丸まっていた。欲しくない、すっかり落ち込んだ息子はそう言って、湯気の立つシチューに手をつけようとしなかった。その代わりに母親の膝に身を寄せて、苦い涙を流した。ぼくはほんとに一生懸命やったんだよ、とノームはすすり泣いた。ぼくがどんなふうだかだれも思い出せなかったころのこと、覚えてる？　それからぼくが、ちょっとでもみんなの目を引こうとして、ゴーグルや羽根飾りや、サンタクロースのヒゲを付けたら、彼らがどんなふうにぼくをからかったかも？　そうだったわね、とミセス・マローニーは息子を力づけようとした。でもあなたが体育の授業の邪魔をしたら、みんなびっくりしたのよね。みんなの目からうろこが落ちて、あなたが特別だってことがわかったのよ！　そんなこと言われても慰めにならないよ、とノームはため息をついた。それでぼくの立場が少しでもよくなったと思う？　みんなして、ぼくを追い立てたんだよ！　殺されないためにぼくは走らなければならなかったんだよ！　わかってるわ、わかってるわよ。でも今じゃあなたも有名なのよ。マスコミが手ぐすね引いてあなたを待ち受けてるし、もしもヨーグルト嫌いを克服できれば、あなたは大金持ちになれるわ！　息子は目に涙を浮かべて答えた。ぼくが望んでたのは、走ることだけだったのに、そのおかげでこんなことになっちゃった！　もしもこのまま走りつづけたら、みんなぼくのことを憎むようになるよ。

そして彼は、走りつづけなかった。森のなかを跳躍して進むノームの姿は、その日限り二度と見られなかった。彼は学校に戻り、大学進学資格を想像できる限り平凡な成績で取り、ミセス・マローニーの大勢の姪のひとりと結婚し、郵便局に就職した。そして引退したミスター・マローニーの足跡をたどり、楽しげに口笛を吹きつつ郵便を配達してまわる彼の姿を、今日もなお、我われは見ることができる。

狡猾な赤ん坊

昔むかし、あるところに、双子に生まれついた赤ちゃんがいました。両親すら姉と妹の見分けがつかなくて困るほど、それはそっくりな双子でした。両親はとてもとても善良な人たちでしたから、娘たちに異なった名前をつけて差別するようなことはしたくありませんでした。双子であってもなくても、子どもに名前をつけるのがリスクがともなう事業であるのは周知の事実です。たとえば、最初に生まれた赤ん坊をアルテミシア、ふたり目をジョリーと名付けたりしたら！　惨事を招くのは目に見えています。どちらの子も、自分に降りかかる問題はすべて名前のせいだと、気の毒な親をいつまでも責めるでしょう。アルテミシアは、妹はジョリーなんてすてきにありふれた名前をもらったのに、なんで私はお父さんたちがくっ付けた変てこな名前で我慢しなくちゃいけないのよ、と泣きわめき、ジョリーはジョリーで、正反対の不満で親を責め立てるに違いありません。

とてもとても善良だった両親は、この問題について長いこと考えをめぐらせ、ときには激しく言い争うこともありました。けれども最終的には、またとない名案が浮かんだのです。それは、自分ひとりの発案だとはどちらも主張できないほど、まったくふたり同時にひらめきました。名前はAとBにしよう！　そう両親は叫びました。母親は退院したばかりでまだ万全の体調ではありませんでしたが、早速ふたりでシャンパンを数本開け、この発見したばかりの調和を祝ったのでした。病院で看護師が言った「酔ったときに母乳をやると、赤ちゃんの健康に悪いですよ！」という警告など、聞く耳はありませんでした。

神父だかラビ（訳注　ユダヤ教の指導者）だかムッラ（訳注　イスラム教の指導者）は、赤ん坊の名前をどう考えたらよいのか理解に苦しみました。その名前はキリスト教のものでも、ユダヤ教のものでも、イスラム教のものでもなかったからです。けれども両親が頑として譲らなかったため、命名式はとどこおりなく執り行われました。

最初の二、三か月は、すべてが順調でした。AもBも、母親のお乳だろうが哺乳びんだろうが、差し出されたものを機嫌よく吸い、泣きたいときに泣き叫び、それぞれの紙おむつに盛大にうんちをしました。

母親はさらにひとつ、賢い用心の手だてを講じました。混乱が一切起こらないようにと、娘たちの身につける小さなピンクのシャツ、パンティー、よだれかけのすべてに、それぞれAとBという文字を刺繍したのです。こうすればどんなときでも、母親だけでなく、夫や大勢の叔母や姪たちだって、自分のあやしている赤ちゃんがだれなのか、わかろうというものです。

不幸なことに、この安らかな時は長続きしませんでした。ある朝、とても満足げにげっぷをしたAがベビーベッドで立ち上がり、なんの心の準備もない母親におだやかな声でこう頼んだのです。「わたしのおしゃぶりを替えてもらえません？　どうも空気が漏れてるようなんです」。これが生後三か月の赤ん坊が生まれて初めて口にした文章でしたから、気の毒な母親が愕然としたのも無理はありません。母親がおしめ替え用の台の引出しを必死に引っかきまわしても新しいおしゃぶりを見つけられずにいると、Aはいとも丁重な口調で言ったのでした。ママ、気になさらないで。しばらくはおしゃぶりなしでもやっていかれますから。

玄関で夫がドアの鍵をまわす音を聞くやいなや、母親は夫のもとに飛んでいきました。いったいどうしたの？　涙を浮かべている妻に夫は尋ねました。娘から一方的に行われた会話のことを妻が話しても、夫は信じようとしませんでした。毎度のことだけど、君はものごとを想像してしまうんだね。ぼくが君の姪のペレグリーナと浮気しているなんて思ったときみたいにね？　まったくのナンセンスだ！　生まれて三か月の赤ん坊が話せる言葉は、ラララとか、ググとか、マママがせいぜいだよ。ほらほら、いい子だから、気を落ち着けて。そして彼は妻の身体に手をまわして、大げさなキスをしました。さぁ、おいしい紅茶でも飲みながら、なにかほかのことを話そう。そうは言ったものの少しは気がかりだった父親は、夕食の後、AとBの様子を見に足音を忍ばせて子ども部屋に入りました。娘たちは機嫌よくぐっすり寝入っていて、寝間着に美しく施されたアルファベット刺繍をのぞけば、父親の目には、ふたりの間に違いなどあるようには見えませんでした。

翌朝、会社に向かうころには、前の日の騒ぎなど父親の頭からすっかり抜け落ちていました。けれども、妻のほうは事態を重く受け止め、親友のマリー・シャンタルにAのパフォーマンスを電話で伝えたのです。友人は夫と違って、ちゃんと感心する一方で恐れも感じました。あなた、Aちゃんになにか悪いところがないか、目を離さないようにしなきゃだめよ。でも母親がすすり泣きを始めると、親友は、あなたの娘はちょっとばかり早熟なだけよ、と言って慰めるのでした。そして、男って気にさわるくらい鈍感で、ものごとを深く理解できないのよね、ということで、ふたりは意見が一致したのでした。

それからの数週間は、不穏な事件もなく過ぎました。どちらの赤ん坊も、夜中に三回、母親を起こしては、今すぐどうにかしてと泣きわめき、母親の奉仕をありがたく受け入れ、不安を抱かせるような振る舞いは一切ありませんでした。そして手垢がつくほど両親が読み込んだ育児書が予告したとおり、双子はたがいに焼きもちをやきました。Bが先にミルクをもらえばAは必ず癇癪を起こし、その逆のときはBが癇癪を起こしました。それでも心配の抜けきれない母親は、不相応な早熟の印がないか、Aから目を離しませんでした。でも不審に感じるのは、Aが母親に向ける、意味不明の流し目のような視線だけだったのです。あれは、不自然に高い知性のひらめき？　慎重さの現れ？　それとももっと悪い、皮肉なの？　けれどもAがなにかしら隠された動機を秘めているようにも思えませんでしたし、彼女が愛らしい笑みを浮かべてガラガラを振ると、母親の心はなだめられ、いまだに娘への疑いを振り払えないでいる自分に多少の罪悪感を覚えさえするのでした。

ほらね、君。父親は双子を見ながら誇らしげに言いました。心配することなんて、なにもないだろ？　君は神経が参ってるんだよ！　なにせ睡眠不足だろう！　おむつを十分ごとに取り替えるだけだって、大変な仕事だ！

そして実際それからは、〈スポック博士の育児書〉、〈あなたの赤ちゃんについて知っておくべきこと〉、〈大事な最初の三年で赤ちゃんはこう成長する〉に書かれたとおりに、順調に毎日が過ぎていきました。双子たちはもっとも適切で、称賛に値する振る舞いを見せていました。親たちが振ってみせる鈴に辛抱強く耳を傾け、這い這いしてまわり、プラスチック製のおもちゃを壊そうとし、盛大によだれをたらし、両親がモロッコでのハネムーンでお買い得な値段で買ったオリエンタル調のじゅうたんに、大量の粗相をしたのでした。

けれども間もなく、次なる衝撃的な事件が起こったのです。一家の友人や親戚は、家のなかを赤ちゃんたちへのプレゼントであふれさせようと最善を尽くしました。心やさしいロザリンドおばさんは選りすぐった縫いぐるみの動物を、母親の姪で美しいペレグリーナは「ママ、こんにちは。今日のご機嫌はいかが？」としわがれ声で言うプラスチックの人形を持ってきました。そんななか、マリー・シャンタルはカラフルな積み木をプレゼントして、みんなを驚かせたのです。母親は彼女に何度もお礼を言いながら、心のなかでは疑問に思っていました。こんな小さな子たちに、積み木は早すぎるんじゃない？ それに考えてみれば、積み木って男の子向けなんじゃないかしら？ 親友のことをよく理解しているマリー・シャンタルは、性別のことはあまり考えるべきじゃないわ、と取り澄まして答えました。女の子にお人形、男の子にレースカーをあげるのは、性差別主義を助長させるだけだし、そんなことをするのは不幸なことだと思うのよ。
なだれのようなおもちゃの到来に双子は大喜びし、おもちゃを投げつけ合い、ベビーサークルの外を思いっきり散らかしました。おもちゃを片づけて、娘たちをベッドに入れる用意をしなくてはと子ども部屋に来た母親は、その場の光景に目を奪われました。Bがテディベアの耳を満足気にしゃぶっている一方で、Aは床に座り込み、眉を寄せ、自分の仕事を一心に見つめていました。山ほどある積み木のなかから、Aは三つの異なった大きさのものを選び、下の絵のように置いていたのです。

Aの母親は、格別に科学的精神の持ち主というわけではありません。それでもこの図形は、十二歳の彼女が、この図形の意味するところを説明しなさいと数学の先生に言われて答えられず、とても辛かったときのことを無

理やり思い出させたのです。思わず身体が震えました。愛らしいAは母親を見上げて、にっこり笑いかけました――それとも、それは勝ち誇った作り笑いだったのでしょうか？　生後十か月の赤ん坊が、数学をしている！　母親にはもう耐えられませんでした。悲しみに打ちのめされ、思わずすすり泣きながら、彼女は子ども部屋から飛び出しました。さいわいにもその晩、夫はいつもより早く帰宅して、お気に入りのイージーチェアでゆったりと身体を伸ばし、健康に有害な葉巻をふかしながら、〈フィナンシャル・タイムズ〉を読んでいるところでした。

おやまぁ、メアリーローズ、と彼は声を上げました。というのも、メアリーローズというのが、妻の思慮の足りない両親が彼女に付けた名前だったからです。いったいどうしたんだ？　すっかり気が動転してるみたいじゃないか。まさにそうなのよ。メアリーローズはすすり泣きを抑えようとしながら答えました。Aが積み木でなにをしたか、あなたには想像もつかないでしょ！まぁまぁ、気を落ち着けて話してごらん。あの子ったら、やったのよ……あの子にはわかったの……組み合わせたの、あの子は……。さあいいかげんに、泣きやんで！　積み木を積んだからって、悪いことはなにもないだろう？　それともしかして、積み木を飲み込んじゃったのかい？　いいえ、それよりもっと悪いことよ。あの子は数学をやってるの！　それもあの年で！ぞっとするわ。

エズモンドというのが父親の名前でしたが、エズモンドが震えの止まらない妻からなにがあったか要点を聞き出すのに、数分が必要でした。彼は妻に、〈フィナンシャル・タイムズ〉のピンクの紙の余白にその不吉な図形を描かせ、それをじっくり見つめて言いました。これは、なんとかいう定理のようだ。ぼくが間違っていなければ、ギリシャ人の名前の。ほら、そうでしょう？　メアリーローズは叫ぶと、顔を夫の肩にうずめました。たまたま、そんな形になったんだよ、と夫は言いました。まったくの偶然さ！　そんなに気にすることじゃない。あの子は積み木をいじって遊んでただけさ。それに、君が間違ってたかもしれないよ。床にいくつか積み木が置いてあったからって、数学に関係があるとは限らないだろう。数学っていうのはね、もっと厳密なものだよ。確かに君の娘は頭がいいかもしれないけど、あまり大げさに考えるのはやめようよ！　メアリーローズはため息をつきながら言い返しました。頭がいいなんて問題じゃないの。ずる賢いのよ、言わせてもらえれば悪魔のように。あの子、わたしをあざ笑ってるような気がする。

ようやくエズモンドにも、新聞を置いて、葉巻を犠牲にしなければならないとわかってきました。あぁ、ピタゴラス、それがギリシャ人の名前だ。うん、まさに。二辺の二乗の合計がもう一辺の二乗と等しい、とかなんとか。知ってるだろ？　けれどもメアリーローズはこの有名な定理など思い出したくもありませんでした。なにか手を打たなくちゃ。マインホフ先生に電話するべきかしら？　いやこれは医学の問題なんかじゃないよ、とエズモンドは妻に優しく言い聞かせ、葉巻を消して立ち上がりました。よしわかった、見に行こう。

静けさが子ども部屋を支配していました。Bは眠っていて、Aは作業に熱中しています。積み木ですばらしい塔を作っているところでしたが、最後の積み木を載せたとたん、不安定だった建築物は頭からくずれ落ち、その惨事に、Aは声を上げて喜びました。ダディー、ママ、バン、バン、バン！

ほらね、とエズモンドが言いました。ピタゴラスなんて影も形もない。君は心配しすぎるんだよ。もっと自分を大切にしなくちゃ。ベビーシッターでも雇うかい？　ペレグリーナなら喜んでときどき助けてくれると思うけど。そうでしょうとも、とメアリーローズはまたもや涙をこらえて切り返しました。あなたが考える助けってそういうものなのよね、要するに昼も夜もあの子をこの家に置いておきたいんでしょ。わたしが彼女のことをどう思ってるか知ってるわよね。ふしだらな娘よ！

この会話の後、ピタゴラスの名が両親の口にのぼることは二度とありませんでした。

ＡとＢが初めて立ち上がったとき、メアリーローズはことのほか喜びました。あなた、見て！　夫は娘たちがなしとげたことを従順に褒め称えましたが、内心、別にたいしたことではないと思っていました。しょせん、おおかたの人間は生まれつき歩き方を知っているのだし、いいかげん双子たちも、カブトムシのように這いずりまわるのをやめて立ち上がってもよいころだと思っていたからです。母親は、Ａの知的能力を心配したことを忘れかけていました。けれどもある日、彼女は娘がエズモンドの本棚の前に立っているところを目撃するのです。Ａは小さな頭をかしげ、〈オックスフォード英語辞典　コンパクト版〉の金文字のタイトルを読もうとしていました。そして母親がいるのに気づかず、つぶやきました。「ＡからＯ」、それからさらに明確な「第二巻、ＰからＺ、付録と参考文献一覧」という言葉のかたまりを聞くにいたって、母親は自分の耳を疑いました。娘が分厚い書物をつかもうと小さな手を伸ばすと、卒倒しそうでした。それでも気を取り直すと、彼女は怪物じみた娘を抱え上げ、ベビーベッドに直行しました。もう我慢ならない、この赤んぼ。さっさと寝なさい。もう金輪際、そのあつかましい態度は許しませんからね。お父さんの本に手を出す権利なんか、あなたにはないの。その年で！　恥を知りなさい。Ａは瞬きをし、重大な状況で自在に浮かべられる、あの天使のような笑みを浮かべました。

哀れなメアリーローズは夫の帰宅を待ちわび、玄関に夫が着いたのを聞くと、幼いAの最新の仕業を告げに走りました。気にするなよ。エズモンドはブリーフケースを置きながら答えました。少しは家のなかを好きに動かせてやったらどうだい？　それにAがぼくの本棚をいじってもかまわないさ。たかが辞書だよ、そうごたいそうなものじゃない。もうくたびれてるから、赤ん坊の指でしみのひとつやふたつ付けられたって、どうってこともないし。でもエズモンド、あなたにはわかってないのよ！　あの恐ろしい子はただ本にさわってたんじゃないの。背表紙のタイトルを読んでたの。誓うわ、読むのを聞いたのよ。それも一文字ずつ、つっかえつっかえなんかじゃなしに。いいえ！　完璧になめらかに読んだの！　そうだったかもしれないし、そうじゃなかったかもしれない、とエズモンドは答えました。あまりあり得ないとは思うけどもしもそれがうとおりだとしよう。だからどうだと言うんだ。でも話を進めるために、君の言事実なら、あの子がかなり賢いってことを示しているだけで、取り乱すようなことじゃないはずだ。夫の冷淡な反応に、妻は耐えられませんでした。彼女は部屋から飛び出し、トイレに閉じこもって鍵をかけました。そこから出てくるよう説得するのにエズモンドは数時間を費やしましたが、彼が成功した後も、妻は髪を振り乱したまま、危機だの、セラピーだの、離婚だの、エズモンドからすればおよそ不適切な言葉を口走るばかりでした。それはふたりにとって辛い一日になりました。
とにかく騒ぎ立てずに暮らすしかないな、とエズモンドは考えました。彼は双子にとても満足していましたし、アルファベットの刺繍のついた服を脱いでバスタブにいるときの娘たちの見分けはつきませんでしたが、ふたりに石鹸をすりつける際に、娘たちからお湯をかけられたり、プラスチックのアヒルを投げつけられたりするのを楽しんでいました。

それからわずか一、二週間後、そんなエズモンドを戸惑わせる事件が起こりました。どんな理由があっても土曜日の午後に彼の邪魔をしてはいけないことは、家族みんなが心得ていました。彼はイージーチェアでくつろぎ、片手にペンを持ち、足はモロッコ製のスツールに載せて、〈フィナンシャル・タイムズ〉のクロスワードパズルを解くのです。けれどもこの日の性悪なパズルは、意固地なまでに解決を拒むように見えました。「クロスワード解き」として疑いようもない彼の才能をすべて注ぎ込んでも、パズルの三分の一は空白のままでした。エズモンドが憤慨したのも無理はありません。このパズルを作ったやつは、なんという大ばか野郎だ！そう言い捨てると彼は新聞を床に放り、近所のパブに出かけていきました。ビールを一、二杯ひっかけて落ち着こうと思ったのです。

夫が夕食の時刻にかなり遅れて戻ったとき、ぴりぴりしている夫を責めないだけの分別がメアリーローズにはありました。責める代わりに床からピンク色の新聞を拾って、夫に手渡しました。信じられない、あなたって毎回必ずこのパズルを解決するのよね！ わたしなんか、どんなことがあってもこんな意地の悪いヒントにはつきあえないのに！ エズモンドはなにげなくその新聞を受け取り、目を走らせました。クロスワードパズルは最後の一マスまで、きちんと埋められていました。君、できたんだね！ でもいったい、どうやって？ と彼は叫びました。メアリーローズは夫を見つめました。なにを言ってるの？ 夫の傷ついた表情に妻は驚いていました。ちょっと待って、と夫はつぶやき、パズルの答えをチェックしました。そしてようやく認めたのです。これはこれは。今度ばかりは君に負かされたよ。でもわたし、さわってもいない、誓うわ。そう答えた瞬間、メアリーローズは恐ろしい真実を理解したのです。あの子よ、と嘆くように言いました。あなたの愛しいA。あなたの、ずる賢い怪物。あなたが出かけた後にパズルを手にしたのに違いないわ。あれだけの頭の持ち主ですもの、あのおぞましいけだものは、五分もかけずに完成したんでしょうよ。あの子にはなにかとってもおかしいところがある、ってわかってたわ。最初からわたしにはわかってたのに、あなたはわたしを信じなかった。今なら、あなたにもわかるでしょ！

今度ばかりはエズモンドにも簡単な逃げ道はありませんでした。メアリーローズが彼のお気に入りのクロスワードを完成させたというのは考えられませんでした。パズルにさわったこともなく、実際、相当嫌っていたのですから。家のなかにほかに容疑者はいませんから、双子のうちのひとりと考えるのが自然です。自分は不運にも真剣に受け止めてこなかったけれど、これまでのまがまがしいできごとを考えると、あの狡猾な赤ん坊のAが父親たる自分をだまし、負かしたことに、疑問の余地はありませんでした。その晩、夫婦は肩を寄せ合って自分たちの運命を話し合いました。メアリーローズは将来起こりうることをあれこれ心配しましたが、その一方で、妻がずっと正しかったとようやく認め、驚きに打ちのめされている夫の姿に、勝ち誇った気持ちも覚えるのでした。

さらに間もなく、心を慰めるできごとがあり、彼女の気持ちを明るくしました。日曜日、電話で呼び出されたマリー・シャンタルが、親友を慰め、忠告しに玄関のベルを鳴らしたのです。ふたりの女性はメアリーローズの台所に引きこもり、ここに書きとめるのもはばかられるほど長時間、自分たちの魂を個人的に探る作業をしました。最終的には、マリー・シャンタルの揺るぎない熱意が勝ちました。彼女は言ったのです。あなたが認めなければいけないのはね、自分で望みもしなかったのに大変な宝を与えられたという事実よ。あのAちゃんはまさしく神童なの。だからそれを最大限に活かしたら？　あの幼さであの子が文字を読め、クロスワードパズルも数学もできるってあなたは言うし、わたしはそれを信じるわ。もしほんとにそうなら、Aちゃんは天才よ！

でもそれこそ、わたしが心から恐れていることなのよ、とメアリーローズは答えました。わたしが食べさせてやるときの彼女の目つき、あなたは見たことないもの！　まるでわたしが動物園から出てきたヒヒかサイだと言わんばかりなのよ。ひどいわ！　怪物なのはあの子であって、わたしじゃないのに！　まぁまぁ、メアリーローズ、とマリー・シャンタルは急いで言いました。あなたがたくましい想像力に恵まれてるのは知ってるし、それはすばらしいことよ。でも知性のある人間は、あなたのことをヒヒと混同したりしないわ。ほかの点はどうであれ、Aちゃんが最高に頭がいいのは確かでしょ。それは彼女にもどうしようもないことなの。Aちゃんがあなたを見るときに感じてるのは、同情か茶目っ気かもしれないわ。ということは、気持ちがやさしいか、ユーモアのセンスがあるってことじゃない？　さぁ、あの子がなにをしてるか、見に行きましょ。

そう言うそばから、つんざくような叫びが子ども部屋から聞こえました。双子は姉妹らしく声をそろえて、ママ～、ママ～、どこ～？　と叫んで、ドアを叩き、ゆすりました。さぁて、だれが来たのかな？　歌うようにマリー・シャンタルが言うと、双子は大喜びで「マリー・シャンタルのおばちゃん！　コインチョコをたくさん持ってきてくれる！」と叫びました。そしてもちろん、ふたりの言うとおりでした。母親は快く思っていませんでしたが、マリー・シャンタルは、必ずいつも身体に悪いお菓子をたくさん持ってきて、双子たちのご機嫌取りをするのです。その日は、ほほえましい光景が繰り広げられました。Bを蹴飛ばして箱を独り占めする代わりに、Aは箱を開けると最初のチョコレートを妹に礼儀正しく差し出し、妹も姉の顔にチョコレートを塗りつけるのを我慢したのです。ほらね、とマリー・シャンタルがささやきました。なんてやさしい子たちなの。心配することなんてなんにもないわ。それにもし将来、ひとりが知的な子になるなら、あなたもいいかげん覚悟を決めといたほうがいいわよ。でもほとんどの人の子どもは、犯罪や麻薬や政治といった職業に手を染めるんだから、ありがたいと思いなさい、メアリーローズ！　こうしてエズモンドもふくめた一家全員が、思いわずらうことなく幸せな日曜日を過ごしたのでした。

　安らかな時は長くつづきませんでした。その二日後、苦労しながら二人乗りのベビーカーを押して玄関のドアを開けたメアリーローズを、カメラのフラッシュを焚《た》き、大声で質問を投げつける男たちの群れが待ちかまえていたのです。〈デイリー・トロンボーン〉に一言、と派手な黄色のスーツを着た男が言いました。〈TV・トゥデイ〉にコメントを、と要求したのは、むっつり顔の撮影隊をひきいる、マイクを手にした男でした。大声でののしり合う男たちの群れが、ベビーカーを包囲しました。双子はフラッシュの放列に目がくらみ、メアリーローズは口も利けません。けれども、幼いAは刺繍のついたクッションから立ち上がり、はっきりこう言い放ったのです。「そこ、どいてよ。このとんとんちき！」　それを聞いてジャーナリストたちは賞賛の言葉をつぶやき、大急ぎでマイクや録音機器を、この恐れを知らぬ幼な子に突きつけたのでした。ひとりが尋ねました。あなたが数学好きだというのは、ほんとうですか？ほかのジャーナリストは、Aのお気に入りの夕刊紙を知りたがり、あるテレビ関係者は、次の金曜日の全国ネットのトークショーに特別ゲストとして彼女を招待し、かなりの額の謝礼を示したのでした。ママに相談してみなくては、とAは答えました。メアリーローズは娘が自分に投げたウィンクに、ぞっとしました。そして、みなさん、帰ってくださらなければ警察を呼びますよ、と言いはしたものの、その言葉には説得力がありませんでした。というのも、ふだんは退屈なこの地域には珍しい騒ぎに、警察がすでに到着していたのです。警官たちは、目端の利くレポーターが三人ほど家のなかに入り込み、子ども部屋を急襲するのを止めようとしませんでした。Aはこの状況を楽しんでいるようでした。Bが泣き叫び、母親が気絶して若くて心優しい音響エンジニアの腕に倒れ込むなか、Aはまじめな新聞から来ている紳士と、最近の株式市場の低迷という、彼女にとっては重要な話題について親しげに言葉を交わしました。かつて父が読み捨てたAのお気に入りのピンク色の新聞〈フィナンシャル・タイムズ〉で、株価暴落の行方について読んだことがあったからです。そのころになってようやく、善意の警官が連絡したマインホフ先生が到着し、医学的権威を振りかざして、双子と母親をますます狂乱する集団からなんとか救出したのでした。マインホフ先生は、散らかり放題の子ども部屋もふくめて、一家の住まいに関する短編ドキュメンタリーをすでに撮り終えていた侵入者を家のなかから追い出し、メアリーローズをベッドに寝かせて鎮静剤を注射し、双子には冷蔵庫の残りものを食べさせさせました。先生はほんとうに信頼に足る、有能な主治医なのでした。

エズモンドが帰宅したころには、試練に見舞われた家庭に静寂が戻っていました。彼はブリーフケースをゆすって、飲み物を要求しました。でもあたりは静まり返ったままです。子ども部屋では、幼い天使たちがベビーベッドで高いびきでした。家中を探しまわって、ようやくベッドのシーツの間に、目の覚めない妻を見つけたとき、初めてなにかが本格的におかしいことにエズモンドは気づきました。電話が鳴りました。それはつい最近の衝撃的なことの展開に関してエズモンドのコメントを求める、〈フィナンシャル・タイムズ〉の編集者でした。自分の意見にそれほど重きをおかれることに戸惑いながら、エズモンドが、株価の下落は実際深刻ではあるが、近い将来に転換する希望はあると述べると、相手は苦々しく笑いました。「まぁまぁ、ご冗談はそれくらいにして。それより、あなたの天才の赤ちゃんはどうしてます？　お嬢さんがアインシュタインのように話すというのはほんとうですか、それとも、これはすべて、でっちあげなんですか？」

それを聞いて、エズモンドは目眩《めまい》に襲われました。受話器が手からすべり落ち、彼自身もベッドにもぐり込んで、ぐったり横たわる妻にしがみつきました。ここ何年もなかったことですが、エズモンドは切実にだれかを身近に感じたかったのです。

『二歳にして超頭脳の持ち主！』
『乳飲み子の天才、発見さる！』
『奇跡の子か、怪物か？』
『狡猾な赤ん坊、医学の専門家を打ち負かす！』

ふさぎ込んだ両親は、各紙の見出しを見つめました。あの〈フィナンシャル・タイムズ〉でさえ、彼らの娘の記事を、「神童をめぐる混乱」という比較的控えめに思える表現で第一面に載せていました。〈デイリー・トロンボーン〉は、第一面の全面をこの「事件」に割きました。見出しは「センセーション」で、三十センチの高さのAという文字が紙面全体を占め、娘の名前を表す巨大な文字のすきまに、作り笑いをするAの顔と、うつろな表情の両親の顔が印刷されていました。

メアリーローズは膝の上の新聞の山を、ぼんやり眺めていました。鎮静剤を過剰に飲んでいたからです。エズモンドは反対に、事態をコントロールすべく、確固たる手段を次つぎ講じていました。朝いちばんに警備会社に電話をして、暴徒と化したマスコミが家のなかに入り込まないよう、屈強なボディガードをふたり雇いました。次に会社に電話を入れて、予測不可能な状況のため今週いっぱいは仕事はできない、と告げました。それから電話の電源を切り、玄関に確実に鍵がかかっていることを確認しました。郵便受けには、莫大な謝礼を示して独占インタビューを求める、雑誌編集者からのメッセージがあふれていましたが、それも無視しました。毎日の買い物を思い出したメアリーローズが機械的に起き上がると、彼は引き止めました。買い物なんて問題外だ、だれひとり、この家を出ても入ってもいけない！　フリーザーにあるものでやりくりするんだ、トマトソースに缶詰の豆を入れたっていいじゃないか。その宣言に、メアリーローズはすすり泣きました。けれども双子はちっとも気にかけていない様子で、楽しげにおしゃべりをしていました。幼いAがBにマスコミの複雑さを説明する一方、Bもちんぷんかんぷんな姉のおしゃべりを聞かされることにすっかり慣れたからです。

陰気な夕食の後、ボディガードがエズモンドのところに来て、こう耳打ちしました。首相官邸から使者が来て、あなたに親展の手紙を直接お渡ししたいと言っています。エズモンドになにができたでしょう？　彼はため息をついて玄関に行き、密封された封筒を受け取って、受領のサインをしました。だれだったの？　とメアリーローズが弱々しく尋ねました。なんでもないよ、と答え、エズモンドは、妻を溶けかかった最後のアイスクリームとともに残し、忍び足で二階に上がりました。

拝啓、と首相の個人秘書の手紙は始まっていました。教育相、科学アカデミー、高等教育に関する政府諮問委員会と協議の結果、国家的利益に関する事象に関して、貴殿にこの書面を認《したた》めるものであります。この書面の内容は極秘のものであり、国家安全保障法第二条、十二項に該当するものであることを御承知おきください。

当職の知悉《ちしつ》したところでは、貴殿の御息女A殿は齢四歳にして、研究開発に関する並はずれた才能を披瀝しておられます。貴殿が先般御承知のことは疑う余地もありませんが、現政府は、科学技術の分野において他の先進国に遅れを取らぬよう、国家的努力のさらなる増大を急務に掲げております。御息女の才能は、民事、軍事双方の目的において、デルタ計画に欠くべからざるものであることが考えられます。

科学アカデミーの特別委員会は、御息女の研究能力に関する調査を実施することを快諾いたしました。よって専門家のグループが、貴殿の御住居に早急に派遣される運びになりました。明朝、午前十時十五分きっかりの御約束を提案させていただいてよろしいでしょうか。首相自らの御要請に、貴殿が最大限、御協力くださることを確信しております。

貴殿のもっとも従順な僕《しもべ》、

大英帝国勲位受勲者《OBE》、王立エジンバラ協会会長《PRSE》、王立植物協会特別会員《FRBS》

サー・ウィリアム・フィッツウィリアム

真っ先にエズモンドが思ったのは、このさらなる打撃から妻をどう守ろうかということでした。彼はボディガードのひとりにマインホフ先生を呼びに行かせ、先生はレポーターたちを振り払うのに一苦労しながら到着しました。神経衰弱を防ぐ手だてはひとつしかありません、と先生は宣言しました。鎮静剤、鎮静剤、そしてもっと鎮静剤です。この解決策のおかげでエズモンドは、家事全般に双子の食事、入浴、歯磨きを引き受けざるを得なくなりましたが、メアリーローズの非難の表情を見ないですむだけ、ある意味ほっとしたのでした。一瞬、魅惑的なペレグリーナを呼び寄せることも考えましたが、家のなかにさらなる騒動が起きることを恐れて、すぐにそれは考え直しました。

眠れぬ夜が明け、十時十五分きっかりに玄関のベルが鳴りました。五人の年輩の紳士と大量の機器を抱えた技師たちが、目もくらむフラッシュの放列のなかを進んできました。

専門家のひとりがエズモンドに自己紹介し、極秘の話ですが、と言って彼を脇に引っぱりました。オウルドウッド教授は揉み手の癖のある、禿頭の陽気な紳士で、人類に対する甘ったるい同情の念を素振りからにじませていました。自分の専門はストレス関連障害の発見と治療なのです、と教授は説明しました。エズモンドは、緑色の作業服を着た四人のポーターが巨大な容器を二階に運び上げるさまを不安げに目で追いながら、「障害って、なんのことです？」とつっかかりました。娘をあんたたちのモルモットになんかさせませんからね！

まぁ、そうおっしゃらずに。あなたのご窮状は完璧に承知しておりますよ、と教授は甲高い声で言いました。天才がその姿を現すとき、つねに不快なことをともなうものなのです。ご家族になにか先例はありませんでしたかな？　てんかんとか、統合失調症とか、梅毒とか？　ほう、なかった？　マスコミによる迷惑行為は私どもも、もちろん遺憾に思っておりますが、これも民主主義の不幸な副産物でして。しかしながら、ことの重大さを考えれば、マスコミがこれほど興味を示すのも無理からぬことでありましょう。まずはあなたの勇気あるご決断をお祝いするとともに、本プロジェクトに対するご協力に科学アカデミーよりの深い謝意を申し述べさせてください。それと、我われの実験はご息女になんら危害をおよぼさないこと、そしてその結果は公表されないことを保証いたしますよ。

　教授の演説はこのとき、金切り声やどすんという物音、大勢の笑い声によって中断され、客間のライトが消えました。エズモンドは飛び上がって、階段へ向かいました。階段の踊り場はさまざまな電気器具でふさがれていて、ケーブルの束に彼はあやうく足を取られるところでした。子ども部屋の前で、私服警官が行く手をさえぎりました。A、あいつらはなにをしようとしてるんだ？　とエズモンドは叫びました。聞き間違えようのない、玉を転がすような声でAが答えました。パパ、入ってきて、自分の目で見て。警官は脇によけました。Bのベビーベッドはアイロン部屋に移されていて、部屋のなかにBの姿はありません。Aは急ごしらえの診察台の上に寝かされ、そのブロンドの小さな頭には金属の円盤が十枚ほど付けられ、そこから延びた電線がからみ合っていました。このひとたち、わたしの頭のなかでなにが起きてるか知ろうとしてるの。Aはくすくす笑いました。アルファー波やベータ波やシータ波とかだって。原始的だよね！　こんなんじゃ、たいしたこと、わかりっこないのに。しかも、調べてる最中に電気がショートしちゃったの。パパ、想像できる？

白衣を着た神経学者や助手たちがエズモンドを見て、首を振りました。彼らの振る舞いにフランケンシュタインじみた点はまったくありません。むしろ、途方に暮れているように見えました。技術者がヒューズの交換に成功するとふたたびライトが点《つ》き、エズモンドはモニター画面に映る、娘の思考を表す奔放な波動を見ることができました。

脳波計って、つまんなくない？　ねぇ、赤外線を使ったら？　MRIならもっといいけど。そっちのほうが面白いと思うよ。

うなだれた主任神経学者が技師に合図をして、Aの愛らしいカールから電極を取り外させました。代わりに、巨大なチューブ状のMRIが設置されました。耳栓がAに差し出され、彼女の頭は機械のなかに消えました。磁気にスイッチが入れられ、振動音が出ます。そしてちょうどスキャナーが始動したとき、ドアのほうで悲鳴が上がりました。鎮静剤が切れて目を覚まし

たメアリーローズが、よろめく足で子ども部屋に来たのでした。またもや引き付けを起こしてくずおれる妻を、間一髪、夫が抱きとめました。

エズモンドは疲れ切り、うんざりしていました。専門家の作業を見つめるのも、彼のことを一階で待ちかまえているオウルウッド教授にも、双子のおまるを空にするのも、冷凍の豆にも、庭をうろつくレポーターたちにも、賢い娘にも、朦朧《もうろう》としている妻にも、もううんざりでした。今彼にできる唯一のことは、ベッドにもぐり込み、ピカデリーサーカスとシャフツベリー・アベニューの角でペレグリーナが彼を待っているさまを、夢に見ることだけでした。

彼が目覚めると、太陽は輝き、交尾期の鳥は愛のメロディーを大声でがなり立てていました。ドアをノックする音がしました。朝の紅茶を持ってきたメアリーローズが、笑顔で立っていました。双子たちはどうしてる？　やっとの思いでエズモンドは尋ねました。とっても元気よ。ふたりにおかゆを食べさせて、散らかったものを片づけたところなの。頭でっかちの連中は帰ったかい？　いいえ、あの人たち一晩中作業してたもんで、ついにAが、てめーら、うせろ、って言ったのよ。ごめんなさい、でも彼女がまさしくそう言ったの。Aに言わせれば、あの人たちの実験は最初から間違ってたんですって。ラムーア周波数を誤って選んだせいで、画像に干渉が入ったとかなんとか、ってことらしいわ。あの人たち、下で座り込んでその問題を話してるわ。ねぇ、あなた、どこ行くの？　パジャマで人に会うなんて、ダメよ！　ガウンだけでも羽織ってちょうだい！

けれども夫はすでに階段にうずくまり、玄関ホールに集まった専門家たちが交わす活発な議論を盗み聞きしていました。もうあの子どもには堪忍袋の緒が切れたとしか言いようがない、とひとりが言いました。そのすり切れたツイードのジャケットからして、彼らのリーダーだろうとエズモンドは推測しました。あいつの生意気なことと言ったら！　とその男は言いつのりました。磁気のゆがんだベクトルについてこの私に講義しようとしたんだぞ。しかも私が、黙れと言うと、私のことを「いばりくさるだけの、うすのろ」呼ばわりしたんだ！　それはひどいな！　とだれかが眠そうにつぶやきました。意見を述べた男の隣のやせこけた神経学者も、あのガキには耐えられない、と息まきました。もうこれで打ち切ることを提案する。科学的観点から言って、得るものはなにもない。手元にあるのは、大量の解読できない画像だけだ。おそらく被験者は単に頭がおかしいだけなのだ。

反対意見を述べたのは、弁の立つオウルドウッド教授だけでした。でも首相の事務局に提出する報告書はどうするおつもりですか？　みなさん、これには我われの評判がかかっているのですよ！　被験者が確かに相当エキセントリックなことは認めましょう。ですが、この件は一般大衆の耳目を集めていることをお忘れなきように。もう一度だけ、試してみようではありませんか。ラムール周波数から離れれば、もしかしたらいい結果が得られるかもしれません。

あの半分頭のおかしい赤ん坊のたわごとに従え、と言うのですか？　神経学者がオウルドウッドに向かって拳を振りました。私の知る限り、こちらの紳士は単なる心理学者であって、脳の生理学に関してはなんの実力もおありでないはずだ。

まあまあ、みなさん、そう興奮しないで、と割って入ったのは、ケンブリッジから来た貧相な特別研究員でした。調査をこのままで打ち切りにはできないとおっしゃるオウルドウッド教授の説にも一理ありますよ。私たちには最終報告を作成する義務があるのです。もう一度だけ実験することを、私は提案します。この種の仕事では、忍耐こそ欠かせないものですから。

こうして彼らは、踊り場にパジャマ姿で正座をするエズモンドの姿に戸惑いつつ、ふたたび二階へと行進していきました。

Aは珍しく、素直な気分になっているようでした。専門家たちを笑顔で迎え、彼らの指示のままに従い、機械にスイッチが入れられても、自らのより優れた意見をひけらかそうともしません。そして実験の最中、技術的なトラブルもなにひとつ起きませんでした。モニターに映る画像は、きちんとして明瞭。すべてが順調でした。実際、専門家たちはAの脳の中身を見つめれば見つめるほど、自分たちの目が信じられなくなっていったのです。この子の精神状態は、恥ずべきほどまっとうだったのです。なにひとつ逸脱した点はないな、と主任神経学者はつぶやきました。異常な活動のかけらも見られない。この年齢の子ならだれでも、このパターンの脳波を出すだろう。そう思いませんか？　傍観者たちは、力なく頷きました。とりたてて書くようなことはなにもないですな、とオウルドウッド教授が言いました。みなさん、私たちはたぶらかされたのです！　とんだ物笑いの種です。私たちの報告書など、だれが読みたがるでしょう。モー、とみなさんが一声上げる前に、シュレッダー行きです！

不幸にも、オウルドウッド教授は間違っていました。エズモンドの家から、おぼつかない足取りの専門家と機材を引きずるシェルパたちが出ていくと、貪欲にインタビューを求めるレポーターたちが群がりました。専門家たちがコメントを差し控えたのは、賢明でなかったかもしれません。夕刊の見出しを目にした彼らは、自分たちの評判が容易には回復されない打撃をこうむったことを、ひしひしと感じたのでした。

『科学界の最高権威、四歳の詐欺師にたぶらかされる』
『赤ん坊の神童はでっちあげだった！』

『首相付き専門家、アインシュタインを装う幼児にひっかかる』
『狡猾な赤ん坊、専門家の目をあざむく』

こうして、騒ぎは終わりを告げました。エズモンドの一家には、退屈な調和と夫婦の間の幸せが戻りました。メアリーローズはふくよかさを増し、夫は大金をもうけ、双子たちは学校に上がって胸が大きくなりました。唯一、娘たちがつむじを曲げたのは、名前に関してです。学校の同級生に四六時中からかわれていたふたりは、両親がA、B、と呼んでも答えようとしませんでした。そして、これからはアビゲイルとベリンダと呼ばれたときだけ返事する、と宣言したのです。両親はそれほど抵抗もせずに娘たちの要求に従いました。両親が忌むべき真実に気づくことは、ついぞありませんでした。トラが自らの斑点を変えられないように、Aはひねくれた自らの頭脳から自由になれなかったのです。素直になろうとどれだけ努力しても、ときおり知能がAを支配してしまうのでした。実際、家族たちがありがたがる幸せで平凡な日常が保たれていたのは、ひとえにAの努力があってこそだったのです。

あの日、危機的な状況のもと、Aは専門家たちを出し抜くために悪魔のような敏捷さと決意で行動したのでした。ろくに衣服もまとわない父親が熱心に見守るなか、科学アカデミーの最高の頭脳たちが間の抜けた話で時間を無駄にしていた間、ＡはＢがベッドで丸くなっていたアイロン部屋に向かいました。ねぇＢちゃん、なんでお客たちがあんたに全然興味を持たないのか、あたしにはちっともわかんないよ。あの人たちがなに考えてるのか、自分で見てみたいと思わない？　きっと、すっごくわくわくするよ！　さぁ、枕やよだれかけやパジャマを替えっこしよう！　Ｂちゃんがあたしのを使って、あたしがＢちゃんのを使うの。頭の回転の速くない妹は大喜びで従いました。Ａは、母親の刺繍がふたりの間できちんと交換されたか、しっかり見届けました。最高だよね、と彼女は心のなかでつぶやきました。こんなちっちゃな刺繍がすごいことをしてくれるんだから！　そして妹に向かって説明しました。これからはあんたがＡで、あたしがＢになるの。だれにも気づかれないからね！

そして実際、その後だれひとりとして気づくことなく、無知な両親はなおのこと、疑いもしませんでした。最初のうちはＢがうっかりして、メアリーローズにＡと呼ばれてもすぐに答えないこともありましたが、彼女も家族のなかの新しい立場に慣れ、やがて自分がだれだったのか、ほとんど忘れてしまいました。Ａは自分のささやかでずる賢い秘密を心から楽しみ、それから後は、高い知性のある素振りは毛ほども見せませんでした。そしてふたたび名前を変える機が熟したとき、彼女は自分をベリンダ、妹をアビゲイルと呼ぶように主張しました。とっても簡単なことよ、と彼女は妹に言いました。わたしはおつむの弱いふりをして、あんたは賢いふりをするの。そうやって、わたしたちふたりとも、これから末永く幸せに暮らすのよ。

蒸発

ビーゴン・ハワード・レジナルド・スタッフォード・ルウェリン＝フィッチ閣下は生気あふれる健康な少年だった。この子のおつむが少々鈍いと思う人間は一族の友人に大勢いたが、ルウェリン＝フィッチ家は昔からつづく名家だったから、家族はそんなことは一切気にかけなかった。もちろん、彼らが頭脳というものに反感を持っていたわけではない。ただ、それ以外のもののほうが人生で重要だと考えていたのだ。つまるところ、頭脳などは人びとの間でむしろ平均的に分配される。だれでも持つことができるのなら、どうしてそんなものを取り沙汰する必要があるだろう？　他方、名前というのはきわめて重要なことがらだった。そういうわけで母親が身ごもっていた間、生まれてくる子どものファーストネームをなににするかで、大いに議論が交わされたのだった。家系図にたくさんある名前からいくつか選ぶのはたやすかったが、ふたりの名付け親のことも考慮しなければならない。年老いたビーフォート叔父は礼儀作法に頑固にこだわり、遠い縁戚のゴンネヴィル伯爵夫人は、たまたま、はしたないほど裕福だった。だから、だれの気持ちも傷つけずにすむし、単純明快でもあるしと、少年は、ふたりの名前を組み合わせた「ビーゴン」（訳注　「消え去れ」の意味の「ビー・ゴーン」と発音が酷似している）と名付けられた。

ビーゴンの幼年期はこともなく平穏に過ぎた。両親は社交上のつきあいや、教会の資金集めのためのくじびきや、キツネ狩りのことにかまけていたから、彼はそのころほとんど両親の姿を見ずにすんだ。父のサー・オーガスタスは、住まいのクラップハースト城の維持のために精一杯の努力をして数ポンドのお金をかき集めたが、城は控えめに言っても手入れが行き届いているとは言えなかった。

一族の最善の伝統を受け継ぎ、ビーゴンに軽い吃音があったのは事実である。おそらくそのせいだろう、彼は、自分の肩書きは言うにおよばず、ハワードだとかその後につづく一連の名前を名乗りたがらなかったし、乳母も彼のことを、ビーゴン坊ちゃまと呼んだ。その一方でこの乳母は、ビーゴンが四歳になるかならないかのうちに乳離れを成功させ、おむつも外すという、驚異的な手腕を発揮したのだった。

五月のある日、ビーゴンの七歳の誕生パーティに向けて、屋敷では準備がたけなわだった。母親はその日のためのビーゴンのセーラー服を十分に前もって注文していた。その成果を検分しに来ると、息子がすっかり巨体になっているのに仰天した。乳母の大甘な摂生規則のおかげで、ビーゴンの体重はその前に会ったときより三ストーン（訳注　約十九キロ）も増えていたのだ。この調子では、将来、サー・オーガスタスの競馬での輝かしい成績に匹敵する記録を挙げるのはむずかしいだろうと母親は思ったが、息子を批判したくなかったので、タイをまっすぐにしてやるだけでそれ以上のコメントは差し控えたのだった。

その週末、泊まりがけの客たちがクラップハーストに到着し始めると、ビーゴンは、相手がどれほど年老いていようが魅力がなかろうが、すべての大人にお辞儀をして握手をするようにと言いふくめられた。ビーゴンはこれを見上げた冷静さでこなし、彼の存在にまったく注意を払わず、車椅子をごま塩頭の使用人に押されて風のように少年の前を通り過ぎたゴンネヴィル伯爵夫人に対してすら、同様に振る舞った。パーティの席で四十歳以下の人間は彼ひとりだったから相当緊張し、ゴシック体で彼のフルネームが書かれたバースデーケーキだけを心のよりどころにしていた。数時間にわたるディナーの間、ビーゴンはその席にふさわしい自制心を発揮し、デザートのイングリッシュ・トライフルを二度お代わりするだけに留めたのだった。
日曜の朝、目が覚めるとビーゴンの胃は少しむかついていた。彼はチャペルでの礼拝になかなか集中できなかった。教区の牧師が少年の現在の関心事からほど遠い、禁欲の効能についてくだくだと説教していたからだ。健康のために絶対に運動しなくちゃ、とビーゴンは考え、信者席から我が身を解放してテラスに向かった。その後に車椅子のキーキーいう音がつづき、ゴンネヴィル夫人がきびきびと彼に追いついた。今回は夫人はひとりきりだった。というのも前の晩、使用人部屋で酒盛りが行われ、夫人の使用人は洗い場担当のメイド、ルーシーを意識してさんざん酒をあおり、二日酔いから回復していなかったのである。

ゴンネヴィル夫人は、口をあんぐり開けて自分を見つめるバラ色の頬の子どもがだれだったか思い出せず、一方のビーゴンは、いかめしい物腰の名付け親と顔を突き合わせて、恐れおののいた。そして、おまえの名前は、と尋ねられると、どもりながら「ビーゴン！」としか言えなかった——そのとたんである。見よ、なんたること、見るべきものがなくなっていた！　瞬きする間もあらばこそ、彼の親愛なる名付け親の姿がかき消えていたのだ。後には、煙ひと筋なかった。ゴンネヴィル夫人は空の車椅子と名付け子への相当の遺産だけを残し、一瞬にして

蒸発してしまったのだった。

ビーゴンはつかの間立ち止まって考えた。ふつうの状況ですら考えるのはむずかしいのに、光り輝く空の車椅子を前にして、それはいっそうむずかしかった。一方で、あの恐ろしいゴンネヴィル夫人がいなくなってほっとしていたが、他方では、夫人が突然いなくなるなんて、なにかうさん臭い感じがした。それで念のために車椅子の下を覗き込み、本体のなかに夫人が隠れていないか確かめた。名付け親の痕跡がまったくないとわかって初めて、ビーゴンはおそるおそる、ゴンネヴィルおばさん、どこにいるの？　と呼んでみた。答えはなかったが、彼の悲しげな声が聞こえたのだろうか。執事が両開きのドアから現れ、ビーゴン坊ちゃま、なにかお役に立てますでしょうか、と尋ねたのだった。うん、役に立って、と誕生日を迎えた少年は叫んだ。お願いだから、ゴンネヴィルおばさんがどこに行ったか教えて！　手前の思いますに、と執事は答えた。奥さまはお庭で新鮮な空気をお吸いになられているのではないかと。間もなくお戻りになられることでしょう。でも車椅子がなかったら、おばさまは指ひとつ持ち上げられないんだよ、とビーゴンは、喩《たと》え言葉を混同しながら訴えた。チッ、チッと舌打ちをしながら心優しい執事は答えた。お元気なことで知られた奥さまのことです、手前ならご心配申し上げませんよ。

ゴンネヴィル夫人の失踪が正式に認知されたのは、それから二、三時間後だった。夫人が昼食の席に現れなかったためメイドが探しにやられ、夫人を見つけられなかったのだ。空の車椅子がテラスにあると庭師が報告したとき、サー・オーガスタスの左のまぶたが二度痙攣した。それは初めて示されたおだやかな懸念だったが、ビーゴンをびくっとさせ、子ども部屋に避難させるには十分だった。敷地内のおざなりな探索が行われ、成果はなかった。サー・オーガスタスは、それでは不十分だ、草の根分けても探し出せ、と命令した。リサウアー進行麻痺が進んでいたゴンネヴィル夫人が水泳をしたとは考えにくかったが、それでも手がかりを求めて池の底をさらわせることまでした。そしてなにひとつ発見されず、泊まり客たちの狼狽が憂慮すべきレベルにまで達してようやく、地元の警察が呼ばれたのだった。

自転車に乗って現れたクラウラー巡査は、たいして役に立たなかった。巡査はとっくの昔に販売停止になった型の車椅子を、信じられないといった表情で見つめ、ゴンネヴィル夫人の使用人と心のこもった会話を交わした後、これはまったく自分の理解を超えた事件です、と宣言した。この種の事件は自分が解決できるものではありません。僭越ながらグラッドウィン警部補に連絡をしましたので、彼は疑いなくこちらに向かうでありましょう。ビーフォート叔父は、この「名付け親失踪の謎」は自分が若かりしころに読んだ推理小説を思い出させると言って、彼の趣味の悪さをまたもや立証した――そんな証拠がまだ必要だったかは疑問だが。

やがてグラッドウィン警部補が到着し、運命の乗り物から指紋を採取し、泊まり客を大広間に集めてありとあらゆる無関係な質問をするなど、きびきびと仕事に取りかかった。そして礼儀正しく咳払いをして、目撃した人間がいるか尋ねると、いいえ、という答えが返ってきた。召使いたちの努力にもかかわらず遺体は見つからなかったため、医師の出番は必要ないように警部補には思われた。サー・オーガスタスが差し出したシェリー酒を礼儀正しくすすった後、彼は小さなブルーの車で去り、以後、音沙汰はなかった。

遺体なしには荘厳な葬儀など問題外である。ゴンネヴィル夫人のために行えたのは、一族のチャペルでの簡素だが心のこもった追悼礼拝だけだった。礼拝の後、サー・オーガスタスはたまたま列席していた検視官を図書室に招き、飲み物を勧めた。親愛なるクロークウェルさん、と彼はテタンジェのシャンパンを片手に客に話しかけた。英国法において、死亡という事実は直接証拠だけでなく間接証拠によっても証明され得ることは、私よりもあなたのほうがよくご存知でしょう。だれかが失踪し、彼もしくは彼女の所在や死亡に関する直接の証明が得られないとき、その人物が最後に見聞きされてから七年間が経過したときに、死亡と推定され得ます。

しかしながら、死亡の可能性がきわめて高い状況下での失踪の場合は、遺言の検認のために、この期間が裁判所の裁量によって短縮されることもあり得ます。親愛なるクロークウェルさん、あなたが裁定を下されるときにこの点を考慮に入れていただければ、私はまことにありがたく思います。

それから三か月後、領主の邸宅の巨大な棟や梁や三角屋根に大工や屋根職人が這いずりまわるさまに、教区全体が活気づいた。それ以来、ゴンネヴィル夫人の遺産のおかげで、どれほど大雨が降ろうと、邸宅内の寝室や大広間に桶やバケツを置いてまわる必要はなくなったのである。

だが不幸なことに、これで一件落着とはならなかった。というのも、敬虔で良心的な人間だった乳母が幼いビーゴンに宗教教育を施すことに熱を入れ、月に一度、牧師館にビーゴンを送って、ジョナサン・クリック牧師とためになる話をさせるべきだと考えたからだ。ビーゴン坊ちゃんは乳母の望みどおりにすることにまったく気乗りしなかった。それは、牧師が彼から情報を引き出そうとしていると信じるに足る理由があり、あの一件の不快な詳細を語ることは完全な自白との境界線上にあったからだ。まだ堅信礼が遠い未来のかすみに覆われている弱冠五歳にして、ビーゴンはこれはきわめて不適切な行為だと感じたのである。それでも乳母に、言うとおりにしなければイングリッシュ・トライフルはお預けですよと脅かされ、トライフル依存症だった少年は、彼女の望みはすなわち我が身への命令だと思うことにしたのだった。

ビーゴンと会うことになって、牧師は期待に胸を躍らせていた。尋問は聖具保管室で行われ、ビーゴンは祈祷用の足台に膝をついた。さて、ビーゴン坊ちゃん、と牧師が口を切った。坊ちゃんの寝る前の妄想について話し合う前に、名付け親だったゴンネヴィル夫人のことについて少しお話ししましょう。坊ちゃんにとってどれほど取るに足らないように思えようとも、細かい点をひとつでも私から隠すのは大罪同様なのはわかりますね。坊やがテラスで夫人と会ったときになにが起こったのか、私は正確に知らなければならないのですよ。さあさあ、良心のつかえを下ろしてしまいなさい！　十戒の五番目の戒めを思い出させてあげるべきですかな、「汝、殺すなかれ」ですよ。でも、ぼく、殺してなんかいません、とビーゴンは抗議した。ほう、そうかね、と牧師は言葉に皮肉を込めた。だとしたら、君と会った後、夫人がすっかり姿を見せなくなったのはどうしてなんだね？　ビーゴンは自分の我慢も限界に近づいているのを感じた。おまえは夫人にいったいなにをしたのだね？　と尋問者は強硬に尋ねてくる。なにも。ほ、ほ、ほんとに、なんにも。ビーゴンは怒りと恐れで青ざめ、どもった。ぼくがだれかっておばさまに聞かれて、ビー、ビーゴンって言っただけなんだ！　彼がその言葉を発音すると同時に、牧師の姿は消えていた。事実上、永遠に。

　こうなることを見越していたわけではなかったが、ビーゴンはこの結果にそれほど驚かなかった。以前に一度、これとよく似た事態を目撃していたからだ。内心、後悔を感じたにせよ、そこには当然の喜びも混じっていた。自分の名前がおよぼすらしい魔法の力を、誇らしく思いさえした。いずれにせよ牧師が突然姿を消してくれたおかげで、彼はきわめて経済的かつエレガントな方法で、これ以上恥ずかしい質問を受けないですむようになったのだ。ビーゴンはいたく満足して、先祖代々から伝わる家に戻っていった。

　それからの数日間、ジョナサン・クリック牧師の失踪に気づく人間はいなかった。そして日曜日の礼拝に牧師が現れなかったときようやく、教区民たちは牧師の不正行為を疑い始めたのだった。牧師は二重の生活を営んでいたのだろうか？　噂によれば、彼は近くの市場町に住むある女性を訪ねたという。当局が問い合わせたところ、人生の喜びに満ちた未亡人のミセス・デイジー・シンプソンが一週間ほど前、新しい住所も告げずにオーストラリアへと旅立ち、その際、黒づくめの男性が同行していたらしかった。教区全体が受けた衝撃がおさまるまでひと月かかったが、後任の、まだ若く熱心で洗練されたマナーを持つモズレー牧師が着任すると、裏切り者のミスター・クリックはあっという間に忘れ去られたのだった。

それ以降、ビーゴンは秘密の力を発揮するときは慎重に考えてからにした。身近なところで実行すると甚大な被害を引き起こしそうだとおぼろげに感じたので、できる限り自分の名前を発音しないように心がけた。その一方で、罪のないさまざまな実験をするのは楽しい娯楽となり、無生物に向かって「ビーゴン！　ビーゴン！」と叫び、それらがなくなるか試すのだった。屋敷のあらゆるところで小さなミステリーが勃発した。サー・オーガスタスが今のいままで履いていた乗馬用ブーツが、突如なくなった。おまるがいくつもかき消え、屋敷は深刻なおまる不足に陥った。ある朝など、十八世紀から伝わるアデレイド公爵の未亡人の肖像画が消えてビーゴンの母親を嘆かせた。ずらっと額が飾られた壁に、不快なことに、一か所だけ白い四角が目立っていたからである。

ビーゴンが興味の対象を広げるのに時間はかからなかった。彼は慎重にことを進めようと決め、思いつくいちばん小さい生き物から取りかかった。まず家バエやカリバチに自らの存在を知らしめて、招かれざる客を肉の貯蔵庫から駆逐することに成功した。公園ではふと目に留まった一羽のウサギが自分の呼びかけに反応するだろうかと考え、いなくなれと即座に命令して消した。ときたま、雄ジカや子ジカに試してみることすらあった。太古の昔から、バラ園や温室や馬房でおいてすら厄介ものだったネズミの類が、まるで地面に呑み込まれたかのようにいなくなったと庭師が報告するのを聞いて、サー・オーガスタスは大喜びだった。自分のひとり息子が生まれて初めて公共の利益のために勤勉さと情熱を示したことなど、彼には知る由もなかったが。毎月恒例の害虫駆除に訪れた業者は、お役ご免であると言われて呆然とした。借地人の住居のノミすら、姿を消していた。

人は、クラップハーストの住人のだれしもが、こういったよい方向への変化に満足していたと想像することだろう。屋根には新しい瓦が輝き、愛想がよくて若い牧師が着任した。それに言い遅れたが重要な点は、屋敷のマットレスからノミやシラミがいなくなったことだ。しかし残念ながら、そうした変化を台無しにする人間がいた。年老いた狩猟管理人のウィリアムである。彼は自分の思いどおりにならないといつも不機嫌になるのだった。ウィリアムは領主の敷地内で野ウサギやシカの数が激減したのに憤慨していた。彼のブラッドハウンドの群れは果敢にも彼のお気に入りの食べ物の痕跡を追っては、不首尾に終わっていたのだ。ビーゴン坊ちゃんが彼の小屋のそばを楽しげに口笛を吹いたり鼻歌を口ずさみながら通りかかるたび、彼は強い憎しみを覚え、ついにあるとき誘惑に負けて、クラップハースト城の後継ぎにブラッドハウンドをけしかけた。ビーゴンは犬たちにズボンを食いちぎられたものの、危うく難を逃れた。

息子に紳士にふさわしい教育を与えることを望んでいた父のおかげで、ビーゴンは狩猟というものに深い敬意を抱いていたから、自分の力を行使して猟犬を消してしまう気にはなれなかった。そこで彼はもっと外交的な手段に訴えようと考えた。貯蔵庫からくすねた二十年もののブランデーで狩猟管理人を買収し、彼に犬をけしかけないと約束させることにしたのだ。けれども小屋のドアをノックしたとき、地獄のような犬の吠え声に迎えられて彼がおじけづいたのも無理はない。年老いたウィリアムが「だれだ！」と叫ぶとビーゴンはすべての心づもりを忘れ、「ビーゴン！　ビーゴン！」とどもっていた。その成果はすぐに現れた。その場に不吉な沈黙が降りたのだ。猟犬たちすら、それ以上吠えはしなかった。この意外な展開にビーゴンの心はふたつに割れた。明るい面を見れば、彼はこの先なんの憂いもなく敷地内を歩くことができる。その一方で、これが不吉な予兆のようにも感じるのだった。

そして実際、あの愛想のよいグラッドウィン警部補ですら、今回は怪しげなものをうすうす感じ取ったのだった。上機嫌とは言えなかったサー・オーガスタスとおざなりな協議をした後、警部補は哀れなビーゴンに矛先を向け、少年の部屋を見せるように要求した。もちろんビーゴンに隠すべきものは一切なかったから、捜査令状すら持っていなかったのに警部補は丁重に二階へ案内され、長椅子に座るよう勧められたが遠慮した。

ビーゴン坊ちゃん、残念ながら、あなたの言うことはなんでも法廷であなたの不利になるよう使われることがあると、警告しなければなりません。さて、あなたが狩猟管理人のミスター・ウィリアムを最後に見たのはいつですかな？　午後の五時ごろに彼のところを訪れたのではないですかな？　なぜ会おうと思ったのですか？　彼の犬について文句を言ったのはほんとうですか？　ズボンに関する事件は？　害虫駆除業者のミスター・ラトガーズの証言によれば、最近クラップハーストではノミも蚊も見られないということですが、それはどうしてですかな？あなたの名付け親のゴンネヴィル夫人と、ジョナサン・クリック牧師の失踪について、なにか説明はおありですかな？

　ビーゴンはグラッドウィン警部補の巧妙な質問にびっくりして声もなかったが、彼のズボンの惨状といったどうでもよいことに警部補がこだわるのにいらだちを覚えた。癇癪をおさえようとはしたのだが、警部補が延々とささいなことを言いつのるもので、彼の感じやすい魂にとっては耐えがたいほど緊張が高まった。そしてついに、グラッドウィン警部補に教訓を垂れずにはいられなくなった。だれを相手にしているのか警部補に教えてやるだけで十分なのは、彼もよくよくわかっていた。そして「ビーゴン！　ビーゴン！」と叫ぶと、その命令は即座に実行された。訪問客の名残と言えば、制服から取れて床に落ちた真鍮のボタンひとつだった。

サー・オーガスタスは記念にと、そのボタンをオフィスの埃のたまった隅にそれから何年も置いておいた。

けれども結局は、警部補の失踪の後にしばらくつづいた執拗な問い合わせはビーゴンの父にとって不快だった。当局の熱意が薄れて問い合わせが来なくなり、クラップハーストに静寂が戻ってようやく日頃の冷静さを取り戻したサー・オーガスタスは、よく晴れた冬の日の午後、図書室に暖炉を赤々と燃やし、跡継ぎの息子と男同士で腹を割った話し合いを持った。このたわごとに片をつけてしまおう、とサー・オーガスタスは言った。おまえも知ってのとおり、近所で噂が飛び交い、私たちの友人たちでさえ会いに来るのをためらっている。このような状況がつづいてよいわけがない。

ビーゴンは敬意を込めて頷いた。彼は父親の言葉の長いことに驚いていた。それまでの父親は、息子に一言か二言より多く話しかけたためしがない。それにぜいたくなランチをがつがつ頬張ってからまだ間もなかったから、かすかに眠気を覚えてもいた。それでも努めて真剣な表情を保った。サー・オーガスタスの話はつづいていた。どうもだな――そう、なんと言ったらよいか――、おまえのファーストネームに関して誤解があるようなのだ。ビーゴンという名前自体に私が反対しているわけではないし、おまえが悪さをしてきたなどと言うつもりもない。けれどもだな、もしおまえができることなら、おまえの今の名前を、私もふくめてだがすべての人に言うのを避けることができたら、よいのではないかと思うのだ。おまえ自身の安全のためにも、それにゴンネヴィル夫人が早くに亡くなってこの名前を選んだそもそもの重要な理由も失われたことでもあるし、改名する機はおそらく熟したと思うのだ。そういう由々しいステップを踏むとしたら、おまえはどんな名前がいいかね？　ゴウドフロイとか？　ゴウドハード、あるいはゴバートはどうだろう。ゴードンは好きかね？　やっとのことで、ただのゴッドウィンではどうでしょう、とビーゴンは口をはさんだ。彼の頭のなかにはこの難儀をとにかく早く切り上げ、長椅子で昼寝をすることしかなかった。おお、すばらしい考えだ！　父はそう絶賛すると、安堵のため息をついて息子を解放した。

だが気の毒なビーゴンには、さらに悪い事態が控えていた。一家の信頼篤い弁護士、ミスター・スクリップスのオフィスへの訪問が直ちにアレンジされたのだ。弁護士の口臭は言うにおよばず、冷えた葉巻と虫に食われた法衣の恐ろしい匂いが事務所全体に充満し、ミスター・スクリップスの弱々しい声は少年の不安を少しも和らげなかった。驚かれるかもしれませんが英国の慣習法のもとでは、と弁護士は説明を始めた。人は正式な書類を書かずに新しい名前を名乗ることが、完璧に法にかなっております、もちろんそれが詐欺のためや告訴の回避を目的としていなければの話ですが。そう言いながら弁護士がちらっと自分を見やったのが、ビーゴンは気に入らなかった。それから改名に他人の注意を引きたくない人もいます。それはここでは当てはまらないことと思いますが。ですからビーゴン坊ちゃまは、私の前で、制定法上の誓約を行われたほうがよいでしょう。そして念のため、それを最高法院の名簿に登録すべきと考えます。

このころになると、ビーゴンが眠らないですんでいるのは、ひとえに彼の鼻に止まろうとするハエのしつこい羽音のおかげだった。通常のやり方で相手を排除してしまおうという強烈な誘惑に彼はかられたが、それをすると同席のほかの人間にも害がおよぶかもしれないと思って考え直した。サー・オーガスタスですらあくびをかみ殺し、ミスター・スクリップスがそれでも話しつづけるのに驚いていた。もちろん、紋章の変更が必要なようでしたら王室の承認が必要になります。まぁまぁ、ミスター・スクリップス、とサー・オーガスタスが割って入った。いいかげんに口を慎んで、要点に入りなさい！　しっかりしてくださいよ！　名前はゴッドウィンにするということでみんな同意しておるのです。あなたの望む誓約はすぐ今ここで行えますし、それで一件落着でしょうが。

もちろんですとも、サー・オーガスタス、と弁護士は急いで答えた。ビーゴン坊ちゃまが私の申し上げる言葉を繰り返してくださりさえすればよいのですよ。私、ビーゴン・ハワード・レジナルド・スタッフォード・ルウェリン＝フィッチ閣下は、ここに厳粛に誓い……。

つかの間、沈黙があった。さぁさぁ、ビーゴン坊ちゃん、あなたが私の言葉を繰り返されることがきわめて重要なのです。ビーゴンは頬を赤らめて言った。もしもあなたがそれほど気にされないようなら、繰り返したくないのですが。それはまたどうしてですかな、と困惑した弁護士は理由を知りたがった。息子が拒否するのはまったく正当なことですぞ、とサー・オーガスタスが宣言した。けれども正しい手順ではですね……と、ミスター・スクリップスは弱々しく反論したが、相手のぶっきらぼうな応答がそれ以上彼に言わせなかった。そんなことは認めないと私が言うのだ、とサー・オーガスタスが、今や机の上で身を縮めている弁護士を見下ろしながら、大声で言い放ったからだ。まぁまぁ、と哀れな男は職業上の良心のとがめを呑み込み、譲歩した。そういうことでしたら、私の立ち会いのもとに文書で宣誓していただくということにいたしましょう。彼がそう言うやいなや、その案は実行に移され、だれもが満足したのだった。

その日以来、ビーゴンという存在は無と化したように思われる一方、ゴッドウィン坊ちゃんは一家の誇りとなった。もちろん親族のなかには眉をひそめる者もいたが、あの年老いたビーフォート叔父ですら折れて改名を受け入れた。だれもがゴッドウィンの未来は明るいと認めたのだが、ああ悲しいかな、運命は最終的には彼にやさしくなかったのである。単にみっともないほど体重が増えたというだけではない。十六歳の若さで彼は父親を喪《うしな》った。公平に見て、けっしてゴッドウィンがその不運なできごとをもたらしたのではないことは申し述べておかねばならない。彼が成人し、サー・オーガスタスとゴンネヴィル夫人の双方の遺産を相続すると、ものごとは少し上向いたように思われた。ゴッドウィンはクラップハーストをアラブ首長国連邦から来た紳士によい値で売り払い、その紳士は客室に驚くほどの数のジャクジーを、図書室にはイルミネーション付きのバーを、そして公園にはヘリポートを設置した。ゴッドウィンはそれから何年も、ロンドンの高級住宅地にあるエニスモア・ガーデンの小さな家で、マラケシュで知り合ったアーメッド、バルバドス出身のラリー、それにサー・オーガスタスの絶頂期にはセイロンと呼ばれていたスリランカ出身で、言いやすいようにシュリヴと呼ばれた魅力的なシュリヴィクラマラシャシマと、幸せに暮らした。この親愛なる食客たちのだれひとり、ゴッドウィンのウエストがどんどんふくらむのを一向に気にする様子はなかった。けれどもインフレが進み、内国歳入庁からは攻撃され、一家の信頼篤い弁護士であるミスター・スクリップスの側の不運な動きがあったせいで（顧客がなんら自発的な行動を取らなかったにもかかわらず、彼はその後突然姿を消した）、ゴッドウィンは日々を孤独のうちに送るようになっていった。彼は家を売り払い、最初はロンドン市内のブルームズベリー地区に、その後は少しはずれのイーリング地区に移って一息つくことができた。それでもこうした社会的な荒野においてまで銀行や行政執行人は執拗に彼を追いつづけ、彼はロンドンから遠く離れたハルヴァーゲート沼に近いブローズに移ってようやく、心安らげる避難所を得たのだった。そこでゴッドウィンは、朝食付きの一間をわずかな額で貸し、通常の取り決め以上に家事をしてくれる未亡人に出会った。未亡人は彼のシャツやパジャマにアイロンをかけ、彼がエニスモア・ガーデンに住んでいた得意の絶頂のころの名残りであるただ一着のスーツを、サヴィル・ロー（訳注　ロンドン市内の老舗高級テーラーが集まる通り）のテーラーのラベルに感心しながら何度も修繕し、彼の憂鬱を晴らそうとして牛の腎臓などの入ったキドニーパイやフライドポテトを食べさせた。

というのも、ゴッドウィンはときおり暗澹たる気持ちに襲われたからだ。だれが人の心の奥底を知り得よう？　ミセス・ダウンライトが熱心に尽くしてくれたにもかかわらず、ゴッドウィンは自分の人生は精彩を欠いていると感じ、屋根裏部屋の窓からブローズのわびしい沼を見るにつけ、ウサギやノロジカが群れていたクラップハーストの緑豊かな草地や雑木林を思わずにいられなかった。

　階段の踊り場にある薄汚いシャワールームにいたとき、彼はちょうどそんなふうにひどく気落ちしていた。見るからにヒゲを剃る必要があった。そしてまだらな口ヒゲを剃り落とすと、子ども時代の懐かしい思い出が押し寄せてきた。鏡に映る青白い顔に、涙が出そうだった。ああ、神さま、と彼は声を詰まらせた。いったい、おまえは、ど、ど、どうしちゃったんだ、ビーゴン？　そして見よ、なんと、かつての魔法がよみがえったのだ。

　ほんとにいい方だったんですよ、とミセス・ダウンライトは首を振った。いつも家賃を前払いしてくださってね、お気の毒にいつだってお金に不自由してらしたのに。でもなんだって、パジャマを乾燥機に入れたまま行かれたんでしょう、かみそりもお風呂場に置きっぱなしだし。よっぽど急いでらしたんですね、そうでもなければちゃんと知らせてくれて、さよならも言ってくれたはずですよ。

眠り姫

ワンダ・ウィップルトンがとても特別な子どもだということは、だれも否定できなかった。心の狭い人間に酷評されたり、正義感の強い人たちの怒りをかったりする宿命にあったのは確かだが、そうした見当違いの感情をぶつけられても、彼女はおだやかな無関心でやり過ごした。このつねに変わらぬ平静さは、母親がワンダを身ごもったときの状況に関係していたことも十分に考えられた。

ウィップルトン夫妻の結婚は時の試練に耐えたが、その性生活については語らぬが花だったと言える。それはほとんどひとえに、ワンダのふたりの兄、ウィルバーとウェーヴァリーが原因だった。救いがたいほど活動過多の長男と、恐ろしいほど野心が強い次男との間で、ウィップルトン家の、「ライラック荘」と名付けられたチューダー様式（訳注　英国の十六世紀の建築スタイル）の郊外型住宅、新築一戸建ての暮らしは耐えがたいものになっていた。ふたりの息子に会っただれもが、「もう、たくさん！」という両親の気持ちに共感せずにいられなかった。そんなわけで、ワンダが母の胎内に宿る原因となった行為も、心ここにあらずといった体で行われたのだった。

母親のウィニコットにとって、ワンダのときほど楽なお産はなかった。娘はするりと生まれ落ち、母親を少しも消耗させなかった。生まれたばかりのワンダは息をするのも大儀だと言わんばかり、そして自分の存在を世に知らせたくないかのように沈黙を守ったため、しびれを切らした助産師がついに彼女の耳をぶった。それでも産科病棟でよく聞かれる、人の神経を粉々にするような泣き声は出てこなかった。ワンダはただスミレ色の目を開き、この世の喧噪に目を丸くした。

退院してライラック荘に戻った母親を、とても好ましい驚きが待ち受けていた。夜中まで家中をどすどす駆けずりまわるウィルバーや、正気な人間にはとうてい答えられないような質問で気の毒な父親をしつこく悩ませたウェーヴァリーと違い、ワンダは天使のように眠ったのだ。注意を引こうとすさまじいわめき声を上げるとか、夜ごとに金切り声で空腹を訴えるようなことは一切なかった！　だからワンダが母親の心を勝ち得たのも、兄たちが最初は責めるように不機嫌な眼差しで、やがては底意地悪い光を目に宿して彼女を見るようになったのも、驚くに当たらなかった。ことに、どれほど緑色の錠剤を飲ませても行動が抑制されなかったウィルバーは、目を離せば枕で妹を窒息させようとし、ウェーヴァリーは父親の書斎からくすねたウォッカを彼女にたっぷり飲ませるという、より巧妙かつ手軽な方法で復讐を企んだ。

やがてふたりの息子が遠方の寛大すぎる全寮制の学校へ追いやられ、ライラック荘に突然静けさが訪れると、ミスター・ウィップルトンは背筋の寒くなるような考えに打たれた。寝酒にブランデーをすすっていた妻に彼は言った。あの子は、その、なんと言ったらいいのか、あの年齢にしてはおとなしすぎやしないかい。これから先もあのままで、自発的に行動するでもなく、毎日なにもせずに過ごすことになったらどうする？　ワンダはなにかに興味を持ったり、おままごとをしたり、庭ではしゃぎまわったりしているべきだよ！

みなまで言わせず、激怒した母親がワンダの弁護に立ち上がった。まぁ、ウィリアムったら、どうしてそんなことを！　あなたの言うところの「自発的な行動」なら、私たち、もうさんざん悩まされてきたんじゃない？　この六年間で初めて私がおだやかな時間を持てたというのに、あなたは幼いワンダに騒動を引き起こしてほしいのね！　あの子がベッドで寝ていることに心から満足してることを、あなたは喜ぶべきなのよ。あの子が目を開いたとき口元に浮かべる幸せそうな微笑みに、あなたは気づいてもいないでしょう！

まぁまぁ、とミスター・ウィップルトンは慌てて妻をなだめにかかった。君が正しいとは思うよ。ただね、ちょっと落ち着かない感じがするだけなんだ……。あなたの「感じ」なんて、今までだってどれほどのものでもなかったわ、と反論する妻の口調にはかなり棘があったと言わなければならない。

けれども時が経ってみると、ウィリアム・ウィップルトンの懸念もまったく的はずれではなかった。実際、ワンダが休息を必要とすることと言ったら、際限がなかった。それでも怠惰だったわけでも、まして昏睡状態にあったわけでもない。冴えわたっているとは言えないまでも、目覚めている瞬間もあったからだ。そんなときは熱心に、母が差し出す食べ物を口に入れ、あたりを見まわして考え込んだ。おもちゃに熱い視線を向けず、言葉もたいして口にしなかったのは事実だが、それでも彼女の眼差しに知性の光が宿り、愛らしい顔が喜びで赤く染まるのは、間違いなかった。

こうした天賦の才やその他の目立たない才能に恵まれていたワンダは、耄碌《もうろく》の始まった祖父にとって、予期せぬ天からの贈り物となった。八十歳になってなお、ウィンストン・ウィップルトンは堂々たる存在感を漂わせていた。一家の家業であるベッド専門の家具屋をささやかな規模から興して大成功させたのは、ほかならぬウィンストンである。けれども長い年月が過ぎ、彼の商品の上で横になる男女が増える一方なのを見るにつけ、彼は自分が築いたものへの関心を失った。そしてウィップルトン商会を息子に渡して引退し、自邸の図書室で日々を過ごすようになっていた。もともとライラック荘はウィンストンにとって悪趣味のきわみだったが、ウィルバーとウェーヴァリーの行動に困惑させられ、ますます息子の家から足が遠のいたのだった。

けれどもワンダが生まれると孫娘のおだやかな眼差しにあらがえず、祖父は自らの行動を変えた。そして自分の想いが一方通行でないことが、すぐに判明した。祖父のヒゲがゆりかごの上に現れると、孫娘は必ずうれしそうな笑顔で迎えたのだ。ワンダが三歳ともなると、祖父は彼女へ教育を施すようになった。と言ってももちろん、彼女が目を覚ましている間だけであるが。祖父は多くの蔵書のなかから本を持ってきては読み聞かせ、そのうちワンダ自身、気が向くとページを繰るようになった。

だが祖父と孫娘のこうした幸せな心の交流も、妻の娘への陶酔も、父親の秘かな先入観をなだめる助けにはならなかった。ワンダの現実感を高められればと、父は娘のベッド脇に目覚まし時計を置いた。けれどもこの精神への残虐行為に対して、ワンダは持って生まれた平静さで対処した。彼女はすぐに寝返りを打つと、聞こえるか聞こえないかのため息をつき、また眠りに落ちたのだった。

悲しいかな、ウィップルトン一家の危うい、のどかな暮らしは、長くつづく定めになかった。外の世界が小学校という形で侵入してきたとき、ものごとは劇的に悪いほうへ転がったのだ。不適切な時間割を押しつけられ、また規律だの時間だのを守れと突然半狂乱のように文句をつけられて、ワンダは大いに当惑した。授業中はあくびをかみ殺しながら礼儀正しく終わりまで座っていたが、あれこれ命令する教師たちに心を動かされることもなければ、地理や算数でよい点を取ることにもまったく興味がわかなかった。ある種のトランス状態にあった彼女はやすやすと授業の内容を理解し、いったん要点がわかってしまうと巻き毛の頭は机の上に沈み、正体なく眠りこけるのだった。教師たちはくたびれ果て、彼女の注意を引こうとする勝ち目のない努力を放棄した。ただひとり、赤ら顔で活発な紳士のウィルバースノットという体育の教師だけは敗北を受け入れられず、平行棒の上で寝込んでしまったワンダに腹を立て、父親の事務所に電話をかけて怒りをぶつけたのだった。

娘の将来の悲惨な見通しに思い悩んだミスター・ウィップルトンは、あらん限りの勇気をかき集めて、妻と対決することにした。まったく甘やかされた子どもだ、そう、それがあの子なんだよ！　と彼は腹立たしげに言った。あたら青春を無為に過ごして！　眠れる才能をムダにして！　怠惰な毎日を送って！　しかも君はそういうあの子を黙認してるんだ！　あの子を現実の世界に連れ戻す努力をしていない。異常だよ、そう、まさしくそういうことだ！

ウィニコット・ウィップルトンは涙ながらに、一家のお抱え医師のドクター・ウォリックに相談することに同意した。ワンダの兄たちをなんとかしようとして、できなかった医師である。ワンダを上機嫌で短時間診察した後、ドクター・ウォリックは宣言した。ご安心なさい、ミセス・ウィップルトン。お嬢さんに悪いところなど、まったくありません。実際、お嬢さんは五体満足です！　元気はつらつ、ぴんぴんしていますよ！

医師の見立てに満足できないワンダの父が不機嫌になると、彼の妻は、当然すべきだったのにこれまで実行されなかった行動方針を提案した。あなたが自分であの子と直接話してみたら？　そういうわけで、生まれて初めて、ミスター・ウィップルトンは自分のひとり娘と腰を据えて長くまじめな話し合いを持ったのだった。ワンダ、この状態をずっとつづけるわけにはいかないよ。おまえは幸せな子ども時代を過ごしたと思うが、もう立派な女の子なのだ。なにかをするべきときだよ。立ち上がって、なんでもいいからなにかをする努力だけでもしてみたらどうだい？　おまえも知ってるように、努力は報われるものだ。兄さんたちを見てごらん！　たとえばウィルバーだ。学校ではあんまり優秀じゃなかったかもしれないが、今や一流のボディビルダーになるところで、来年にも自分のフィットネスジムをオープンする予定だ。ついこの間も、写真が〈スポーツ・ガローア〉に載ったことだし、彼はあの世界で立派なキャリアを築くだろう。

ウェーヴァリーだってそうだ！　彼がボストンで奨学金をもらうのは三期目になる。ネズミを使ってすばらしい成果を上げてね。ネズミの脳に関することなんだが、この先ノーベル賞候補になっても、お父さんは驚かないな。おまえも兄さんたちの例にならってくれたらと思ってるんだ。おまえが女の子だからと言って、兄さんたちと同じくらいのことができないなんてことはない！　でも今から言っておくが、おまえがこのままの暮らしをつづけるなら、いつの日か必ず後悔するよ。

父親の演説にじっと耳を傾けたワンダの平静さは、見上げたものだった。演説が終わるまで、彼女は瞬きひとつしなかった。その後、しばしの沈黙があった。そして自分の答えを期待して待つ父の姿に、どれほど希望が持てなくても父親に光明を見てもらえるよう最後の努力をしてみようと、ワンダは決心した。大好きなお父さま。声を高めもせず、ワンダは話し始めた。お父さまがわたしのことで思い悩まれたり心配されたりするのを見ると、悲しくなります。でも不幸せなお兄さんたち、ウィルバーとウェーヴァリーのことをおっしゃるのを聞くと、正直、複雑な思いにとらわれるのです。お兄さんたちがなぜあれほど苦労するのか、わたしにはわかりません。ふたりはなにを追い求めてるんでしょう。どうしてあんなに熱心に自分の人生をダメにするのですか。ウィルバーは気でもふれたように跳びまわり、ウェーヴァリーはネズミの喉を切りまくって。いったいぜんたい、なぜあのふたりは一瞬でも落ち着くことができないのでしょう?

でもワンダ、そういうおまえはね、と哀れな父親は深いため息をつきながら言いました。だらだらといつまでもベッドに寝そべり、丸太のように動かないじゃないか。おまえにはそれしかできないのかね? とんでもない、お父さま、とワンダが答えた。お父さまはデュナミスとエネルゲイア――もしもわたしが間違っていなければ、これはアリストテレスが区別した概念ですけど――、このふたつの違いがおわかりにならないようですね。アリストテレスいわく、エネルゲイアとは、ものごとをもたらせる状態にいることで、できごとや事実の領域です。一方のデュナミスは、異なった状態に変化しうる能力のことです。これは実現態と可能態の違いなのです。

この論理の説明に、ミスター・ウィップルトンは呆気にとられた。父親が話についてこられないのを感じ取ったワンダは、別の思考の道筋で説明を試みることにした。お父さまには存在論でないほうがよろしいかもしれませんね。それなら、学校で大騒ぎして教える、ニュートンの運動の第一法則でお話ししましょう。これはすべて、慣性に関することなのです。ニュートンによれば、休んでいる人間は平衡のとれていない力に働きかけられない限り、いつまでも休んだ状態でいる傾向にあるのです。わたしにそうした力が働きかけてこなければ、わたしは平衡状態のままでいる、つまり加速されないということです。わたしの言いたいこと、おわかりですか？

この驚くべき新事実に衝撃を受けたウィリアム・ウィップルトンは絶望感にとらわれ、眠りに落ちた幼いワンダの頭が肩に沈み込むのを見ると、これ以上は手を出すまいと心に決めたのだった。

学校でも諦めの雰囲気が支配的になった。どこまでも物静かな魅力と、彼女の怠惰さが絶え間なく見せる愛らしさを見て、教師たちは彼女になにかの活動をさせようという努力を放棄したのだ。ワンダはとても矛盾した内容の通信簿をもらって卒業した。そこには、ときおり彼女に知性のひらめきが見られることは認めつつ、成長や業績や進歩をよしとする社会のルールにワンダが従おうとしないことを強く非難する言葉が書かれていた。

それでも娘に居場所を見つける必要があることは、両親には疑いようもなかった。確かに、とミセス・ウィップルトンは認めた。頭の正常な雇い主は彼女を雇おうとは思わないかもしれないわね。でもあなただったら、会社に彼女のための場所を見つけられるんじゃない？　明らかに、君はぼくがいかれてるって思ってるわけだ、と夫は語気を荒らげた。ぼくにウィップルトン商会を台無しにしてほしいのかい？　ボスの娘が会社でぶらついているのを見たら従業員がどんな気持ちになるか、考えてもみてごらん。彼らがワンダの手本に従ったら、職場の規律なんて一瞬にしてかき消えてしまうぞ！

まぁウィリアムったら、たったひとりの娘になんて冷たい仕打ちをするの、とミセス・ウィップルトンはめそめそと言いつのり、涙も一粒、二粒こぼしてみせた。あの子と私に対してもね、あなたは今の状態をなんとかする義務があるのよ！　ワンダが記録仕事をしながら一日中地下で過ごしたっていいじゃないの、だれにも悪影響なんて出ないわ。

妻の懇願に負けたのは、不機嫌なミスター・ウィップルトンだった。その後、数週間はすべて順調だった。だがワンダが、ダブルサイズの十二型オリエンタル・パラダイス・ソファベッドを注文して記録保管室に組み立て、そのソファベッドで長時間の健やかな睡眠をむさぼる合間に、祖父の図書室から持ち出した古代ローマのオビディウスの作品や最新のスリラー小説を読んでいるのを、帳簿係のミスター・ウォーターストーンが発見した。

この小さな危機のさなか、ワンダの母親にあるアイデアがひらめいた。ショールームよ、と叫びながら、彼女は夫のオフィスに駆け込んだ。そう、それが答えよ！　メインストリートの店のウィンドーだったら、なおいいわ！　ミスター・ウィップルトンは呆気にとられた。そう、そうなのよ。妻の顔は興奮で輝いていた。あなた、わからない？　うちの最高のベッド、たとえばカエデかマホガニーで作ったミレニアム・トラディショナル・タイプとか、サクラ仕上げのゴールド・ドリーム・デュシャルムに愛らしいワンダが寝ていたら、どんなにすてきでしょう！　どんな広告よりも効果的だし、あの子だって喜んでやってくれるに違いないわ。

それはだれにとっても幸せな取り決めだった。バラ色のネグリジェに身を包み、ぜいたくなシルクのシーツやベッドカバーに包まれて横たわるワンダを一目見ようと、ウィップルトン商会の店のウィンドーに客が群がった。地元の観光局もこの新しい呼びものを観光案内のパンフレットに載せ、民放のテレビ局すら、記録に残すためにと撮影隊を送り込んだ。

IPPLETON'S
GER UNIO

けれども、完璧な平和が支配していると思えるときに起きがちなことだが、ウィップルトン家のささやかな世界をほどなく惨事が見舞おうとしていた。ある運命の水曜日、一日の仕事も終わろうという夕方に、思わぬ不快な現実がワンダに知らされた。この悲劇的な知らせを彼女にもたらす役目を買って出たのは、くだんの帳簿係、ミスター・ウォーターストーンだった。会社が破産し、不運なオーナー夫妻は銀行や債権者たちに追い立てられて、転送先の住所も残さずに夜逃げするしかなかったのだ、と彼はワンダに説明した。この家も一切合財、売り払われることになったんです。身のまわりのものを持って出られるだけでもありがたいと思ってくださいよ。ワンダは目をこすったが、格別気にかける様子はなかった。彼女はミスター・ウォーターストーンに礼を言うとゴールド・ドリーム・デュシャルムの上で寝返りを打ち、その晩は夢も見ずにぐっすりと眠った。

一家を襲った惨事について聞きつけるや、ウィルバーとウェーヴァリーが実家に駆けつけた。廃墟から残りものを漁ろうと思ったのである。だが債権者たちに先を越され、ふたりの落胆は大きかった。会社もライラック荘もすでに差し押さえられていた。当てのはずれたふたりは、うっぷんを晴らす矛先をワンダに向けた。ウェーヴァリーは、ここぞとばかりに言いつのった。おまえはこれまでどんなに甘やかされてきたことか、働きもしないで面白おかしく遊んできた暮らしも、もう終わりだぞ。ウィルバーも口をそろえた。ぼくたちがまっとうな暮らしをしようと精一杯努力してたとき、おまえはいったいなにをしてた。これからおまえは、怠けてきた報いを手にするんだ、ざまあみろ！

兄たちが狂ったように騒ぎ立てるのをワンダは少々うるさく思いはしたが、いつものように粘り強く彼らの言葉を聞いていた。だが、まったくと言っていいほどお金に興味がないこと、こんなささやかなことで不安に思ったり心の平静を乱したりするのは耐えられないということまで、兄たちにわざわざ告げようとは思わなかった。そしてもちろん、彼女は正しかった。息子の失敗にも動じなかった祖父のウィンストンが、居心地のよい自分の屋敷に一緒に住むようにとワンダをすぐさま招いてくれたのである。

それからの何年間か、ワンダは歓迎されざる新奇な変化やゆゆしき変化のない心地よい状況で、〈無知の百科事典〉や〈夢遊病者たち〉といった本を昼寝の合間にひもとき、夕べには年老いたウィンストンと年代物のポートワインをたしなんで人生を謳歌した。

けれども、人類の平和をおびやかす機会を虎視眈々とねらう残酷な運命が、またものどかな暮らしを襲ったのだった。ある朝ワンダが目を覚ますと、愛する祖父がウィングチェアで空のグラスを片手に、前の晩に彼女が最後に見たままの姿で事切れていた。祖父の死は両親が突然姿を消したときよりも、よほどワンダには打撃だった。おそらく生まれて初めて、彼女は本物の悲しみに近いもの、つまり黒い脾臓の存在をかすかに感じたのだった。

その後、彼女より十歳年下で、こざっぱりした遺言執行者、ミスター・ウィニフレッド・ホワイトが登場したことは、ワンダにある種の安堵をもたらした。彼は口元に愛想のよい笑みを浮かべながらてきぱきとことを運び、立派な葬儀を一家の地下墓所で執り行い、遺産相続に関する退屈な書類仕事を処理した。老人が全財産を愛する孫娘ひとりに残したのは驚くに当たらなかった。けれどもワンダが驚いたのは、ミスター・ホワイトが職務の範疇を大きく超えた関心を彼女に抱いたことだった。

それまでのワンダは、愛についてたいして考えたこともなかった。彼女の見る限り、それはひとつの道楽、それも法外な量の行動やストレスを必要とする道楽だった。けれどもウィニフレッドには、ワンダの冷静で猫のように肩肘を張らないさまがたまらなく魅力的に思えた。最初のうち、彼女はウィニフレッドの熱烈な求愛に驚いたが、うれしくもあったし、受け入れたほうが面倒がなさそうだと思いもして、やがて彼の求婚を受け入れた。そして謹厳な待機期間――その期間を、ワンダは祖父の巨大なビクトリア朝のベッドのなかで、ひとり夢見がちに過ごした――を経て、ふたりは結婚した。

ウィニフレッドは夜も眠らず、新婦の寝姿を何時間でも見つめた。いびきをかいても見目麗しさが損なわれないその姿は、彼にとって驚くべき光景だった。そしてようやく目を開くと、妻は夫のあからさまな熱意にさして驚かず、抗いもしなかった。頑固でも軟弱でもないワンダの気だるげな態度を夫は喜び、妻のほうは夫の熱意に驚き、そんなに興奮するほどの価値があるのだろうかといぶかりながら、すぐにまた眠りという聖域に戻っていくのだった。

間もなく、ふたりの結びつきによって最初の子どもが授かった。その事実をワンダはことさら興味も負担も感じずに受け入れ、母親がそうだったように、上の空で出産した。もうひとつ、夫はとてもありがたがったがワンダはたいして感激もしなかった事件が起きた。ある嵐の晩、気味悪いほど祖父のウィンストンに瓜二つで、ヒゲを生やした祖先を描いた肖像画が壁から落ち、古い金庫が発見されたのだ。金庫には、祖父が一九四〇年に買ったまま忘れていたＩＢＭの株券が束になって入っていた。

この幸運の女神の気まぐれに関する噂は、ワンダの兄たちの耳にもすぐに届いた。言うまでもなく、この知らせをふたりが黙って呑み込めるはずもなかった。恨みが彼らの心をむしばんだ。ウィップルトン一族の何百万ポンドという財産が、よりによって、ワンダの手に入るなんて、そんなことがあってよいのだろうか――彼らはいらだちながら問い、答えを出せなかった。ワンダの気の毒な兄たちの苦悶に関して道徳を説くのは我われの立場ではないし、どれほど努めても、ふたりの嫉妬心と間もなく彼らを見舞った不幸な事件とに関連を見出すのは不可能である。だが、ウィルバーが筋肉増強剤を大量に飲み込もうとして喉を詰まらせ、二度と意識が戻らなかった一方、ウェーヴァリーは神経科学・頭脳研究世界会議に向かう途中、大西洋上で脳卒中を起こし、ワシントンの空港に到着したときには、死体保管所に運ばれるほかなかったのは事実である。

ワンダは人として可能な限りわずかのことをしながら、いともやすやすと家族を増やし、彼らを魅了し、支配した。そして齢九十八歳で、三人の子ども、七人の孫、十五人の曾孫と、あまりに多すぎてついぞ名前と顔を覚える気になれなかった数えきれないほどの玄孫《やしゃご》に囲まれて、惜しまれながら、巨大なベッドの上で永久《とわ》の眠りについた。

この時点で、ワンダのこの世における長旅の意味を振り返ってみるのも、ふさわしいことと思われる。彼女が内なる炎を燃やしていたとか、一瞬であっても退屈に悩まされたことはなかったなど、確信を持って言うことは我われには不可能である。確かにワンダは、英国の歴史にその名を残しはしなかっただろう。だがそもそも彼女は、この世を変えようとするのではなくそのまま黙認するのが肝要だという、ドイツの無名の哲学者の言葉を常日頃から引用していた。そうして、敵対や口論を超越した人生もあることを、身をもって我われみんなに示したのである。働かずして得た果実ほど甘美なものはない――それこそが彼女の変わらぬ信条だった。

存在の限りない軽さ

すべてを勘案してみると、バルサザー・ボリンジャーは幸せな人間だった。生まれ落ちたときから弾むように元気な赤ん坊で、軽い心と陽気な性格に恵まれていた。妊娠中の母親に相当のトラブルをもたらしたことすら、彼の良心の重しにはならなかったようである。

実際、身ごもって数週間のうちに母親にいろいろな問題が起きた。女性が身ごもると身体の容積が増加するのは周知のことだが、女性が耐えられると思われている体重増にも限りがあるものだ。バルサザーの母の場合は、単に体重が一から二ストーン増えるといった問題ではなかった。実のところ、胎児はブリジット・ボリンジャーの体重を数オンスしか増やさなかったのだ。ただ、胴回りが度はずれて大きくなった。夫で弁護士のバーソロミューは心配のあまり中絶という案も示したのだが、妻は耳を貸そうとしなかった。彼女はそうした手だてが好意的に見られないローマカトリックの出だったのである。

やがて月が満ち、産婦人科医のドクター・バランスは頭を振りふり、帝王切開を強く勧めた。ブリジットはそれに同意し、非常にほっとしたことになんの差し障りもなく、健康な男の子を取り上げてもらった。唯一、両親がおかしいと思ったのは、赤ん坊の体型である。というのも、幼いバルサザー・ボリンジャーはただ太っていたのではなく、恐ろしいほどまん丸だったのだ。

確かに、とドクター・バランスは言った。このお子さんは、私たちが見てきたほかの赤ちゃんよりもいく分大きいですね。そのこと自体はそれほど心配する必要はありません。けれども私が少々心配なのは、坊ちゃんの体重です。ご説明しますとね、お子さんの誕生時の体重はわずか千グラムと少々、つまり二ポンド三オンスで、これは典型的な未熟児の体重であり、恐ろしいほどの低体重なのです。その一方で、胴回りは言うにおよばず、身長は平均をはるかに上回っていて、これはひたすら驚くべきことと言わねばなりません。私の言わんとすること、おわかりでしょう！　お子さんは言葉にならないほど軽いのです！　まったく、このような赤ちゃんを私はついぞ見たことがありません。それでも、最高によい状態のようですから、あまりご心配なさるにはおよびませんよ。これからどうなるか、様子を見るとしましょう。

そしてどうなったかというと、バルサザーは母親が食べさせるのも追いつかないほど旺盛な食欲を持つようになった。成長ぶりはすべて満足のいくものだったが、体重だけは望ましいペースで増えず、胴回りは身長とまったく不釣り合いにふくらんだ。両親は息子のことを、太りすぎは言うまでもなく、太っているとか、恰幅がいい、と呼ぶことなど夢にも思わなかった。胴体の構造というか一貫性からして、そうした表現はそぐわないと思ったのである。悪意に満ちたゴシップが揶揄したように、バルサザーの体が球形だったわけではない。残念ながらボリンジャー家の身内や友人の間で人気のあったこの手の悪口は、見るからに不当なものだった。バルサザーの頭から爪先までのほうが、胴体の直径より長いことはだれの目にも明らかだったからだ。それでも、母親のブリジットはジレンマに悩まされた。息子の旺盛な食欲に屈しまいとすれば、大事なひとり息子を飢えさせる危険があった。一方、フォアグラ用のガチョウに食べさせるがごとくに食物を与えれば、息子は破裂してしまうのではと心配だった。結果的に、母の恐れは杞憂に終わった。幼な子がふくれ上がったのは事実だが、破裂にはいたらなかったからだ。

それに、彼の状態には驚くような利点もあった。いつも浮力があっただけではない。赤ん坊と言えば這い這いしたり、のろのろとしか動けなかったり、転がって進んだりするものだが、バルサザーはそうした苦労に縁がなかった。早くからベビーベッドのなかで胸を張って弾んでいたが、間もなく家のなかをいとも足取り軽く歩きまわるようになった。走ったり跳んだりすることは、一度もなかった。足取りは堂々としながら敏捷で、やすやすと階段を昇ったり、まるで夢でも見ているようなスローモーションで芝生の上を浮きながら横切ったりするさまは、両親をうっとりとさせた。けれどもこうした喜ばしい瞬間は、ある日、深刻な懸念に取って代わられた。テラスの壁の端に立つ息子を見た母のブリジットが、バルサザー、やめなさい！と警告を発したものの時すでに遅く、息子はけだるげに五、六フィート下の地面まで滑空したのだ。さいわい、足首の捻挫も踵《かかと》の骨折もなかった。

あの子は頭が軽すぎるんだ、と夫は言った。地上につなぎ止めておく手だてを講じなきゃいけないな、ぼくの言うこと、わかるだろう。バルサザーは年の割にふわふわ動きすぎる。それはそれですてきなことだが、ぼくたちの手に負えなくなっても困るからね。重い学生カバンで重しをしようと言うんじゃないよ。どうせそのうち、教科書をたくさん抱えて息を切らしながら学校に通うようになるんだから。当面は、問題に根本から取り組むとしよう。どうも、あの子は足元がしっかりしていないように思うんだ。だから彼が地面に足をつけておけるよう、足の専門医に処方箋を書いてもらおうじゃないか。そしてその案が採択され、本人の好みに大いに反して、バルサザーはそれ以来鉛で作ったらしいブーツを履かされることになった。

この手だてがある程度まで彼の動きを遅くしたとはいえ、彼を近くの幼稚園に入れる段になると、たいした助けにはならなかった。バルサザーが幼稚園の部屋に入ったとたん、たくさんの叫び声が上がった。なんなの、あの子！　や〜い、バルーンだ！　四歳児の集団がバルサザーの異形を目にして大声を上げ、そしてもちろん、バルーンというあだ名はその後一生、彼についてまわった。ミス・バーバラのこの模範的な幼稚園で過ごした日々は、彼にとって生涯最良の時とは言えなかった。先生のミス・バーバラには、幼くて愛らしい怪物の群れを支配するだけの力がさしてなかったのだ。新入りの園児は不格好なブーツを笑われ、ビスケットやポテトチップやピーナッツをひっきりなしについばむことをからかわれた。そして最後に、ベッツィという名のいじめっ子がことをさらに一歩進めた。バルーンを割っちゃえ！　と叫びながら、哀れなバルサザーをヘアピンで刺そうとしたのだ。言うまでもなく彼女の目的は達成されず、成果と言えば、犠牲者のあばらに小さな刺し傷ができただけだった。ブリジットが苦情を申し立てると、担任する悪ガキを守ることに熱心なミス・バーバラは、事態を軽んじて反論した。あれは幼いベッツィが純粋に好奇心にかられてしたことですわ。身体の内側がどんなふうか見ようとして、こじ開け、切り刻み、叩き、擦り、刺す――こうした行動はすべての科学的調査の根幹にあるもので、それをやめさせようとするのは、教育的な観点から不誠実な行いと言わざるをえません。

バーソロミュー・ボリンジャーは進歩というものに寛大だったが、それでもミス・バーバラの見方は少々ずれていると感じたし、息子の身体も学齢期と言っても通るだけの大きさになっていたので、バルサザーはその模範的な幼稚園から連れ出され、母の強い希望でカトリックの有名な学校、聖ベネディクトに送られ、それからの数年をそこで過ごしたのだった。彼が実家を後にする前に、両親はもうひとつ、用心の手だてを講じることにした。かつて彼の足を地につけていたブーツを履いているのに、このところのバルサザーは浮きがちだったのだ。思いつきにこと欠かない父親は、歯科医の友人に頼んで、X線撮影の副作用から患者を守るエプロンを譲ってもらった。鉛のブーツと併せて使えば、このエプロンは「バルーン」を地面につなぎ止めるのに十分だった。明らかに、我われの主人公はこのあだ名を脱ぎ捨てることができなかったのだが、その点をのぞけば、同級生たちは校長のバーナビー神父の厳しい監視のもと、バルサザーにちょっかいを出さないでくれたのだった。

敬虔な神父による優れた教育は、あまりに目立つ特徴にしばしばさえぎられてそれまで世の人の目に留まらなかった、バルサザーの内なる才能を引き出した。聖ベネディクトでの最初の学期、彼は宗教の数々の謎について思いをめぐらすようになったのだ。バーナビー神父が、キリストの昇天と聖母マリアの被昇天の違いを説明したとき、バルサザーは神父に思わせぶりなウィンクをされたように思った。もちろん彼は、聖母マリアが言ってみれば自分ではコントロールできない力によって天へと上げられたのに対し、キリストは完全に自分の意思で天に昇ったことを、すぐさま理解した。だがその違いと自分自身との関連性はまったく見出せなかった。自分から上へ昇ろうとしていなかったし、また天国の力によって上昇させられているとも感じなかったからだ。けれどもバーナビー神父の気持ちを傷つけたくなかったからそうした考えはだれにも明かさず、物理学に関心を向けることにしたのはそれから二、三年が過ぎてからだった。

彼のお気に入りのテーマが重力の理論だったことは、おそらく理解にかたくないだろう。ボニフェース神父は、自分の生徒たちにはめったに見られない本物の関心を彼のなかに見て、大いに喜んだ。バルサザーはガリレオの実験を難なく理解し、ニュートンの法則もたちどころに把握した。そして当初の興奮が薄れると発言の許可を求めて手を挙げ、教師に教室の前に出るように言われると、困惑の体《てい》のクラスに向かって熱のこもった演説をぶった。重力がどう作用するか、ぼくたちはみんな、完璧に理解しています、とバルサザーは始めた。でもなぜでしょうか？　どうしてこの題材はそんなにも魅力的なのでしょう？　そして、いったいぜんたい、万有引力の定数は、なぜ $6.672 \times 10^{-11} N \cdot m^2/kg^{-2}$ であって、それよりちょっとでも大きくも小さくもないのでしょうか？　アイザック・ニュートン卿はこうした質問に対して、万人を満足させる答えを出していないようにぼくには思えます。そして今日ですら、この命題が解き明かされたとは言いがたいのです。重力はいったいなんの役に立つというのですか？　木や工場の煙突やピラミッドなんかには役立っていると言うかもしれないけれど、ぼくたち自身に対してはどうでしょう？　ぼくたちは地面にしがみつかなければいけないのですか？　聖書は、「すべての重荷を負うて苦労しているもの」への希望を指し示しているのではありませんか？　自転車を漕いで坂を上る人、買い物袋をいっぱい抱えたおばあさん、四階の教室まで歩いて上るぼくたちに必要なエネルギーを考えるだけでも、どれだけの労力が無駄に費やされているかわかろうというものです。そしてこれらは、ぼくが考えつくいちばん罪のない例なのです！　人がいつも片足を墓に突っ込んでいるのはなぜなんでしょう？　地球の持つ破滅的な引力こそが、昨今の恥ずべき傾向の原因なのではありませんか？　ぼく自身は、いつまでも地面に貼り付けられていたくありません。正直、みんなは重力の持つ粘着性をおぞましいと思いませんか？

バルサザーが話し終えると、教室は静まり返った。それからボニフェース神父が、人が必ず死ぬことの利点についていくつか穏当なコメントをした。ベルが鳴って授業が終わると、廊下に罵詈雑言の嵐が吹き荒れた。いかれぽんちバルーン！　ほら吹きバルーン！　お間抜けバルーン！　ちんぽこバルーン！　でたらめバルーン！　同級生たちが興奮して囃《はや》し立てるなか、バルサザーは、重いエプロンを脱ぎ捨てて、足取りも軽くその場から立ち去るのがふさわしいと思ったのだった。生徒たちが集団で野次る行為に眉をひそめる人は、優れた知性を披露することで他人の不興をかうのは、学校においてだけでないことを心に留めておくべきであろう。バルサザーの重力に関する苦情は内容的には優れていたかもしれないが、彼は高慢な人間と見られる危険をおかしたのだった。彼の考えが平々凡々とした人間からかけ離れていて高尚なものになりがちだったにしても、公平に見て、彼にはいばるつもりなど毛頭なかったのは確かなのだが。

彼を責める材料に使われたのは、それだけではなかった。まずほかの生徒たちと異なり、彼は座ったままでいなかった。さらに最近、聖ベネディクトでは食事の問題が浮上していた。多くの生徒がファーストフードでお腹をふくらませ、その結果、肥満症になっていたのだ。心配した親たちは、子どもたちが際限なく体重を増やすことを防ぐために、学校が週単位で厳格なコントロールを課すことを主張した。このような厳密なダイエットが行われているなか、バルサザーがステーキ、フライドポテト、プディングやサンデー、クリームケーキなどを頬張るさまは人目を引かずにはおかなかったのだが、いざ体重計に乗ると体重は一オンスも増えていない。飢えに苦しむ共同体において、この事実が彼の立場をよくしようはずがなかった。嫉妬が渦巻いた。

これ以外にも、ことに運動の面で、生徒たちをいらだたせることがあった。聖ベネディクトでは走り幅跳び、走り高跳び、棒高跳びが重要な種目だった。バルサザーは自らの優雅な動きをなんとも思わなかったが、彼よりも足の重いライバルたちは、バルサザーには不当な利点があると言って異議を申し立てた。彼が棒高跳びで格別の努力もせずに五メートル一〇をクリアすると、ブーイングの嵐が巻き起こった。ボニフェース神父が、運動エネルギーを潜在エネルギーに転換するには、理想的に言えば、$\frac{1}{2}mv^2 = mgh$ であり、ゆえに容積の要因は排除される、と親切なコメントをしたが、だれもそんなことなど聞きたいと思わず、バルサザーの競技への参加資格を剥奪することが決定された。

こうした騒ぎも、彼の気持ちをくじけさせることにはならなかった。実はそれよりもっと切迫した問題が控えていたのだ。休みになって両親が迎えに来ると、バルサザーはもはや両親の車に入り切らないことが判明した。彼のために小型トラックがレンタルされ、実家では、身体を無理やり押し込んでようやく玄関を通り抜けた。子ども部屋にはダブルベッドが入れられた。バスタブとトイレに関してはデリケートな問題が発生したし、学校に列車で戻るとき、父親は彼のためにふたり分の席を取った。けれどもバルサザーは驚くべき打たれ強さを発揮し、並の人間なら気落ちするだろうこうした逆境に直面しても、相変わらず意気軒昂だった。

それからさらに数年が過ぎ、ボリンジャー夫妻は息子の未来のキャリアについて頭を悩ませるようになった。ボニフェース神父は、彼ならいい宇宙飛行士になりそうだと言ったが、バルサザーはそのアイデアを拒絶した。宇宙を旅する人間のぶざまな動きを彼はさげすんでいたからだ。あの操り人形ときたら、見るに耐えません。彼らが浮遊する姿にはエレガントさのかけらもないんですから。でも、神父さま、このことに関しては物理学の面からも異を唱えさせてくださいい。というのも、宇宙や月の上で求められるのは体重が軽いことではないのです。まったく逆なんです！　重ければ重いほどいいんですよ！　これは私が悪かった、とよき教師は答えた。君の言うとおりだ。君がしっかり物理を学んでくれたのがわかって、喜ばしい限りだよ！

この一件があってからバルサザーの物理に対する関心は失われ、将来性のある別の才能が表に出てきたのだった。学校の敷地の片隅で、イタリア出身のボナヴェンチュラ神父が独自の美術の講座を開いていた。生徒不足に悩んでいた神父はバルサザーの参加を諸手を挙げて歓迎した。アトリエがしつらえられている納屋の巨大な両開きのドアは、このとき初めて、その存在価値をボナヴェンチュラ神父に証明した。神父のこの新しい信奉者が楽々と納屋に出入りできたからである。

室内に入ったバルサザーがまず気づいたのは、塗りたての絵の具の匂いだった。どの壁にも、大小さまざま、できの悪いものやそこそこの絵が乱雑にかけられ、さらに部屋の片隅にも積み上げられていた。これ全部、神父さまが描かれたのですか？　とバルサザーは尋ねた。ボナヴェンチュラ神父は薄ら笑いを浮かべて、彼の教育の要点を説明し始めた。芸術の初心者が陥る最悪の落とし穴は、創造性なのだよ。なぜ、そんな見え見えのナンセンスそのものにとらわれて取りかかるのだ？　優れた芸術作品はもうすでに場を得ている、なのになぜ、我われが二級品の塗り絵を人類の遺産に付け加えねばならない？　傑作の複製を作ることのほうが、あるいは、摩滅や亀裂、白化、泥や煤《すす》、それに言うまでもないが——ここで彼の声は怒りで震え始めた——無知なアマチュアや犯罪的に不器用な人間の手による、修正、充填、ニスの上塗り、転写、寄せ木工法、巻き替えといった故意の破壊行為を不幸にしてこうむった作品を修復させることのほうが、よっぽど高貴な行為であり興味深いことなのだ！

バルサザーはこの痛烈な非難をほとんど一言も理解できず、大いに混乱もした。それでも神父の熱意は無駄にならなかった。それからの数年と数か月、神父の弟子は画家にならずに、芸術品の復元技術を一歩ずつ身に付けていった。近所の主婦が持ち込んだなんの面白みもない寝室の天使の絵から始め、徐々にもっとできのよい静物画の修復へと進んだ。最初のうちは身体が邪魔になったが、背もたれを倒せるデッキチェアを教師が与えてくれたおかげで、天井から吊した間に合わせのイーゼルに楽に手が届くようになった。

彼の技術がボナヴェンチュラ神父にも満足のいくレベルに達すると、最後の試験が与えられた。バーミンガムの画廊から届いた巨大な絵画がなんであるか、教師は弟子に尋ねたのだ。バルサザーには頭をひねる必要もなかった。ラファエル前派の作品のように見えますね。それに旧約聖書の列王記下巻の、預言者エリヤがつむじ風に乗って天に昇っていった場面を思い起こさせます。もちろん、汚れをとらなければいけませんし、どこかの能なしが上塗りしたらしい箇所もたくさん見受けられますが。ブラボー！　と神父が声を上げた。この作品は君にまかせよう。早速、取りかかってくれたまえ。

その絵は高さが約八フィートあり、絵の表面に彼がどう近づくかが問題だった。最初は梯子を使ったが、いつものように胴回りが邪魔になってうまくいかない。直感のひらめきに従ってブーツを脱いでみると、片手に絵筆を持ったまま、あっという間にちょうど預言者の顔の高さに浮いていた。戦略が成功したおかげで彼は宙に漂ったまま作業に取りかかったが、熱中のあまり、進捗状況を見にボナヴェンチュラ神父が入ってきたことにも気づかなかった。これはなんとも異様なことだ、と年老いた神父はつぶやいた。だが、たぶん邪魔はしないほうがよいのだろう。夢遊病者を起こしたり、綱渡りアーティストに話しかけたりするのは惨事のもとだからな。そう考えた神父は、お気に入りの生徒が風船のように浮いているのをどう解釈したものか悩みながら、爪先立ってアトリエを後にした。

聖書に書かれたことを思い起こしながら神父は眠れぬ夜を過ごしたが、思い出した言葉のどれとして今度のケースに当てはまりそうになかった。だが一方で、きわめて実利的なアイデアがひらめいた。同じ宗派のイタリアの同胞たちから、修道院や教会の貴重な天井画が色褪せたり剥がれたりしたときに、手助けやアドバイスを求められたことを思い出したのだ！　これまではそうした要請に応じられずにきたが、ようやく今、自分たちの主義を推進させると同時に、お気に入りの生徒に有給の仕事を見つける機会を、神父は見出したのだった。

疎遠になっていた聖職者たちとのつきあいを復活させてみるとすぐに、技術が確かで、高いところを得意とし、高い丸天井の作業もいとわない修復者の需要は、イタリアだけでなくヨーロッパ中で多いことがわかった。間もなく、バルサザーは新しいキャリアをスタートさせた。彼は、自分はお金を目的としていないがいくつか条件がある、と主張した。まず、自分をバルーンと呼ばないこと。第二に、足場は使わないこと——これは予算を下げることになったから、依頼者たちにいともすんなり受け入れられた。そして最後が、助手やカメラマン、その他の立ち会い人を一切現場に入れず、彼ひとりで作業すること、だった。彼の上へ昇る技術は芸術上の技術と同じように重要だった。というのも、浮揚と重力とのバランスを取ることが必須だったからだ。彼は重りを計算してこれを実行した。このためにさまざまな重さのブーツ、靴、エプロンを特注し、希望の高さに合わせてこれらを身に着けたり外したりして調整した。彼の評判は急上昇し、僧侶や司教、マルタ騎士団から高く評価された。荒れ果てた建物を持つ個人からも注文が舞い込み、そのおかげでバルサザーはヴェネチアで天井のフレスコ画の修復を手がけることになった。ある日、彼がその建物の巨大な二階部分で、ただひとり、高いところを漂いながら、こちらの丸々した豚、あちらのふくよかなヴィーナスにと筆を走らせるのを楽しんでいると、二十フィート下で足音がした。だれだ、そこにいるのは？　と彼は叫んだ。仕事中はだれの邪魔も許さないぞ！

　ごめんなさい、と甘い声が答えた。わたしです、ベアトリーチェです。どうやって入ったんだ？　邪魔をされてまだ腹立ちのおさまらないバルサザーが詰問した。だってわたし、鍵を持ってるんですよ。ここに住んでるんですもの。ちょっとの間、降りてらしたらいかが？　長い話をかいつまんで言うと、それは一目惚れと言うべきもので、バルサザーには初めて経験する感情だった。最初は、若くて女性の鑑《かがみ》とも言うべきベアトリーチェが自分に熱烈な興味を持ってくれるのが信じられなかった。けれどもすぐに、彼女が固い決意の持ち主で、並の人間ならひるむような障害にもたじろがないことが明らかになった。バルサザーを初めて見て大いにぎょっとした父親に立ち向かっただけでなく、恋人と親密な時間を過ごすために全力を挙げて難題の克服に努めたのだ。バルサザーがつねに履いていたブーツをベッドに持ち込むのを彼女は認めなかったが、効果の実証されている手だてをすべて取り払ってしまうと、わずかな間でも彼をつなぎ止めておくのが困難なこともわかった。彼女の努力がどのように成功をもたらしたか我われはここで明かすつもりもないし、ふたりが取った手段についても言わぬが花だが、それからの一シーズン、彼らが混じりけのない幸福を味わったのはまぎれもない事実である。

　だが悲しいかな、ふたりのハネムーンは末永くつづく運命にはなかった。あるさわやかな夏